KB143082

함성소리, 날개 달다

함성소리, 날개 달다

발 행 | 2018년 11월 7일

엮은이 | 김수정
펴낸이 | 신중현
펴낸곳 | 도서출판 학이사
　　　　출판등록:제20100-2005-28호
　　　　주소 : 대구광역시 달서구 문화회관11안길 22-1(장동)
　　　　전화 : (053)554-3431, 3432
　　　　팩스 : (053)554-3433
　　　　홈페이지 : http://www.학이사.kr
　　　　이메일 : hes3431@naver.com

ISBN 979-11-5854-156-9 03810

이 도서의 국립중앙도서관 출판예정도서목록(CIP)은 서지정보유통지
원시스템홈페이지(http://seoji.nl.go.kr)와 국가자료공동목록시스템
(http://www.nl.go.kr/kolisnet)에서 이용하실 수 있습니다.(CIP제어번호:
CIP2018035437)

함성소리,
날개 달다

김수정 엮음

學而思 | 학이사

책을 펴내며

 이 책은 2017년 포항여자고등학교 1학년 1반으로부터 시작한다.

 겨울 추위가 슬며시 꼬리를 내리는 3월. 아직 중학생 티를 벗지 못한 앳된 얼굴에 호기심 반, 걱정 반의 표정을 지은 초롱초롱한 눈망울들을 마주 하는 순간 매해 신학기 첫 날의 느낌과는 조금은 다른 기분이 들었다. 운명적인 만남의 순간이었다.

 그렇게 내 마음 속에 허락도 없이 들어온 아이들은 점차 내 삶을 바꾸어 놓기 시작했다. 진심으로 서로를 아끼고 배려하며 이해하기 위해 노력하는 시간을 거쳐 오면서 멋진 어른으로 성장하기 위해 했던 다양한 활동을 통해 우리는 서로 한 뼘 더 자라 있었다.

 시간을 되돌리지 않는 한 다시 만나기 힘든 우리들의 소중한 인연을 깊이 간직하고 함께 한 시간을 추억하기 위해 우리의 이야기를 책으로 엮어 각박해져만 가는 사회에 이렇게 아름다운 만남이 있을 수 있음을 알리고자 한다.

함께 책을 읽고 나눈 이야기, 자신의 생각을 표현한 수필, 감성을 노래한 시 등은 수준 높은 내용과 유려한 표현은 아니지만 그 무엇보다 진솔하고 정의로우며 순수하다고 자신한다. '함께 성장하는 우리들의 소중한 이야기'를 펴내면서 조금은 더 선생다운 선생이 되도록 도와준 아이들에게 감사한 마음을 표한다. 더불어 아이들도 나로 인하여 조금 더 사고와 감정의 성숙이 있었기를 바라며, 우리 사회에서 빛과 소금 같은 인재로 성장하기를 온 마음 다해 빌어본다.

배움이 즐겁고 학교가 행복하며 학생과 교사가 항상 신뢰하는 교실을 소망하며….

담임 김수정

목차

책을 펴내며 | 김수정 ··· 4

시

장마 | 김수연 ··· 12

위로 | 박고은 ··· 13

양덕동 사는 신유나 씨 | 신유나 ··· 14

선택 | 신도이 ··· 16

대중소 | 이경민 ··· 17

내 영혼이 따뜻했던 날들 | 이유정 ··· 18

어제까지 | 이은솔 ··· 20

가을 | 이지윤 ··· 21

별 | 진다은 ··· 22

러닝머신 | 황정민 ··· 24

소설

마지막 준비 | 박초용 ··· 28

나, 그리고 엄마 | 이가형 ··· 32

내 여행의 증인을 찾습니다 | 이유정 ··· 39

봄의 자두 | 정소윤 ··· 47

소년의 자화상 | 조윤주 ··· 54

희곡

20년 | 박은서 ⋯ 66

게임 밖에서 놀자 | 이유진 ⋯ 80

수필

저녁 하늘 | 김연주 ⋯ 88

기억 | 이연주 ⋯ 92

위로의 힘 | 천예지 ⋯ 99

순간을 담을 카메라 | 최인정 ⋯ 105

모두가 함께 | 한지원 ⋯ 111

내가 읽은 책

고독한 싸움이라는 것은 어떤 것일까? | 권민지 ⋯ 118

미래 과학에 대한 시사점 제시 | 금지민 ⋯ 121

나는 자유와 인권을 보장받고 있는가 | 유정우 ⋯ 128

타인의 삶을 받아들일 수 있는 삶 | 이승아 ⋯ 135

다양한 관점으로 읽는 책 이야기 | 한지원 ⋯ 143

나의 생각은

삶과 정체성, 인간관계 문제의 해결책 제시 | 박초용 … 150

이제는 개편해야 할 제도, 국민연금 | 이경민 … 156

정신과에 대한 부정적 인식을 개선해야 한다 | 이연주 … 159

빅데이터 전문가를 위한 인재 양성이 시급하다 | 이은솔 … 162

동물실험을 해서는 안 된다 | 천예지 … 165

기행문

포항 시립미술관을 다녀와서 | 권민지 … 170

세 평 하늘 아래 | 김연주 … 174

부산 여행기 | 박고은 … 179

일본을 경험하다 | 이지윤 … 187

울릉도 우정 여행 | 정소윤 … 192

우리가 함께 읽고 나눈 이야기

세상을 바로 볼 수 있는 힘 ㅣ

　　　　　　이가형 진다은 한지원 황정민 ⋯ 200

미래 사회와 유토피아에 대한 물음표 ㅣ

　　　　　　　이승아 이은솔 박초용 ⋯ 206

당신은 오늘도 뉴스에 '넋' 이 나가있군요 ㅣ

　　　　　　　신유나 이유정 이지윤 ⋯ 212

다른 생물에 대해 가져야 할 책임의식의 필요성 ㅣ

　　　　　　권민지 금지민 김수연 이연주

　　　　　　정소윤 천예지 최인정 ⋯ 218

안락사를 합법화해야 할까? ㅣ

　　　　　　　김연주 박은서 신도이 이경민 ⋯ 226

국가 간의 약속과 배려가 필요 ㅣ

　　　　　　　이연주 신유나 진다은 이유정 ⋯ 236

에필로그 ㅣ 김수연 ⋯ 254

시

장마_ 김수연

위로_ 박고은

양덕동 사는 신유나 씨_ 신유나

선택_ 신도이

대중소_ 이경민

내 영혼이 따뜻했던 날들_ 이유정

어제까지_ 이은솔

가을_ 이지윤

별_ 진다은

러닝머신_ 황정민

장마

김수연

누군가에겐 나는 나쁘고 이기적이라는
소리를 듣곤 합니다.
모든 것들을 흘려보내서
파란하늘을 가려서
이들 눈을 나의 단짝 친구 우산이 가려서
누군가에겐 나쁘고 이기적이라는
소리를 듣곤 합니다.

누군가에겐 나는 착하고 멋있다는
소리를 듣곤 합니다.
화난 여름을 달래주어서
연두빛 잎을 성장시켜서
누군가에게 나는 착하고 멋있다는
소리를 듣곤 합니다.

누군가가 나를 싫어하더라도
나는 꿋꿋이 다가갈 것입니다.
누군가가 나를 좋아하더라도
나는 그대에게 다가갈 것입니다.

위로

박고은

내게 다가와
손 내밀어주던 너는
아름다운 색깔이 되어
내 세상이 되었지

그저께는 검정색이 되어
감추고 싶은 비밀을
아무도, 나조차도 보지 못하게
까맣게 덮어주었지

어제는 하얀색이 되어
아팠던 모든 것을 잊고
다시 시작할 수 있다고
응원을 보내왔지

오늘은 하늘색이 되어
저 파아란 하늘처럼
나를 포근하게 감싸안고
함께 걸어가고 있지

양덕동에 사는 신유나 씨

신유나

포항의 신도시, 나는 양덕에 살고 있다.
빽빽이 들어선 아파트, 셀 수 없이 늘어져
뫼비우스의 띠를 이루고 있는
미용실, 카페, 식당, 미용실, 카페, 식당, 미용실, 카
페, 식당….

포항의 신도시, 나는 양덕에 살고 있다.
새벽 2시가 다 돼서야 거리는 완전히 잠에 든다.
매연에 오염된 공기를 새벽이슬이 청소할 때 쯤,
쓰레기차가 요란한 소리를 내며 새벽이슬을 밟고 지
나간다.

포항의 신도시, 나는 양덕에 살고 있다
거리를 걷다보면 학원들 사이, 나는 미로에 갇힌다.
양덕의 학생들 특기는 출구 찾기, 끝없이 공부로 늘
어진 출구 찾기

포항의 신도시, 나는 양덕에 살고 있다.
쉬지 않고 일하는 불빛
여기저기서 보이는 노오란 민들레꽃 버스
매일 규칙대로만 움직이는 사람들

포항의 신도시, 양덕에 살아있는 신유나 씨는
너무 갑갑하다.

선택

신도이

마감일까지 얼마 남지 않은 시간
완성도는 이제 반 정도인
수행평가

어제 3시간을 잔 상태
지금도 두 눈은 꿈뻑꿈뻑
지금은 새벽 5시

나는 지금 선택의 기로에 서 있다

대중소

이경민

애플 커피
구글 병원
스타벅스 백화점

롯데시네마
삼성병원
현대 보험

전에 있었던 것들을 찾으려 하니
손에 잡히지도
눈에 보이지도 않는다.

아마 너무 작아서 그런가 보지.

내 영혼이 따뜻했던 날들

이유정

잘 지내고 계시오

나를 찾아와 포근히 안아주던 봄날의 구름이여
나를 찾아와 시원히 적셔주던 여름날의 빗방울 이여

나는 곧 우리 아들을 따라
좋은 곳으로 간다네

나를 찾아와 말동무 되어준 가을 날의 풀꽃이여
나를 찾아와 어머니 되어준 겨울 날의 함박눈이여

나는 곧 우리 아들을 따라
행복한 곳으로 간다네

나는 이곳을 떠나 영원한 곳에 머무를 것이오
나는 이곳을 떠나 영원한 당신을 그리워할 것이오

내가 가을 바람 되어 가끔 속삭이면
잘 여문 밤 송이 하나 떨궈 인사해주시오

어제까지

이은솔

어제까지 할 게 많았는데 오늘은 할 게 없다

- 고등학교 첫 시험이 끝난 다음 날

가을

이지윤

추적추적 내리는
가을비가 좋다

고추잠자리 날아다니는
파아란 하늘이 좋다

곡식 익어 고개 숙이는
황금빛 들판도 좋다

서늘한 바람으로 나를 위로해 주는
이 계절이 나는 참 좋다

별

진다은

너무 멀리 있어서
그래서
닿지 않을 것 같아서
손을 뻗어 보기조차 무서운 것일까

너무 겁이 나서
그래서
혼자선 할 수 없을 것 같아서
다가가기조차 망설여지는 것일까

그러나
우주에 별들도 너무 멀지만
밝게 빛나니 가까이 느껴지듯이
내가 밝게 빛나면 너와 가까워 질 수 있을까

너무 멀리 있어도
그래서

닿지 않을 것 같아도
손을 뻗어 봐야지

너무 겁이 나도
그래서
혼자선 할 수 없을 것 같아도
한걸음 더 가까이 다가가야지

우린 결코 멀지 않다는 걸
확인하기 위해

오늘도 난 밝게 빛나는 별이 되려 한다

런닝머신

황정민

최고 속도로 달리는 런닝머신 위에서
트레이너의 꾸짖음과 함께 달렸다.
아무 생각 없이,
트레이너가 시키는 대로.
체육관을 꽉 채운,
이 세상을 꽉 채운 런닝머신 위에서
우리는 계속해서 달렸다.
그게 당연한 것인 줄 알았다.
왜냐하면 런닝머신 위에서 달리지 않는 사람들은
'비정상인'으로 취급되어 버려졌기 때문이다.

이 달림의 이유는 뭐지?
런닝머신 위에서 달려 봤자
앞으로 못 나가지 않나? 라고
머릿속으로 의문을 제기했다.
아무도 생각하지 않았던 이유에 대해 궁금해졌다.
그래서 트레이너한테 물어보려고 했지만
그런 이유를 물어보는 사람은 아무도 없고

‘비정상인’으로 취급되어 버려질까 봐
나는 오늘도 아무 생각 없이 달린다.

소설

마지막 준비_ 박초용

나, 그리고 엄마_ 이가형

내 여행의 증인을 찾습니다_ 이유정

봄의 자두_ 정소윤

소년의 자화상_ 조윤주

마지막 준비

박초용

"으아…"

"으…"

또다. 벌써 몇 달째 심장 부근이 아파오고 있다. 바늘로 찌르는 듯, 칼이 맨살을 찌르는 듯 불안했다. '심장병이면 어쩔까?' 하는 두려움이 나를 덮쳤다.

결국 아내와 함께 병원에 가보기로 했다.

시내 중심가에 있는 큰 병원 앞에 도착했을 때 두려움이 밀려왔다. 무서웠다. 조심스런 발걸음으로 병원 내부로 들어가 보니 온통 하얀색으로 칠해진 벽면에 하얀 환자복을 입은 사람들로 찬 그곳을 보니 가슴이 울렁거렸다.

의사 선생님의 말씀에 따라 검사를 시작하기로 했다. 심장 쪽에 동그란 패드를 붙이곤 심전도 검사를 한단다. 어렵게 마음을 가라앉히곤 검사를 했다.

곧 또 다른 방으로 간호사가 나를 안내하기 시작했다. 깜짝 놀랐다. 그곳에는 런닝머신과 함께 갖가지 기계들이 있었다. 런닝머신을 뛰는데 이상이 있는지 없는지 확인하는 것이다. 난 그 정도로 힘든 건 아니었기 때문에 가볍게 뛰기 시작했다. 마지막 검사가 고난이었다. 묽은 아이보리 색의 액체를 주더니 그 뒤로 말을 덧붙였다.

"심장 혈관을 보기 위해서 하는 검사입니다. 맥박을 안정시키고 난 뒤 검사를 해야 하는데 약 5퍼센트의 확률로 부작용이 있어서 자칫 이상이 생기면 죽을 수도 있습니다. 안정이 되시면 그때 검사하겠습니다."

그리곤 간호사가 방을 나갔다. 그때 심장이 미친 듯이 뛰었다. 부작용이라니. 설마 내가. 설마했지만 따라오는 불안감은 부정할 수 없었다. 맥박을 안정시키라더니… 안정은 무슨 심장이 더 뛰어서 미칠 지경이었다.

문득 내가 죽는다면 남겨질 우리 아이들이 떠올랐다.

살아가며 힘겨울 때 든든한 버팀목이 되어주지 못할까 봐.

시집갈 때 아빠 없다는 소리 듣고 위축될까 봐. 그동안 더욱더 사랑해주지 못했다는 생각에 눈물이 차올랐다.

사랑스러운 내 아이들의 모습이 담긴 사진을 지갑 속에서 꺼내 보았다.

환한 얼굴로 웃고 있는 얼굴을 보자 눈물이 터져 나왔다.

예쁜 우리 아이들아.

아, 참 좋은 여자였던 나의 아내…

아직 철들지 않았던 나와 결혼해 가난하고 힘들었던 시간 속에서 투정하나 하지 않고 항상 힘을 주던 아내. 못난 남편 때문에 먹고 싶고 갖고 싶은 것 하나 못 사고 돈 아끼려 밥도 제때 먹지 않던 그대야. 먼저 떠나게 된다면 어찌 살까. 미안했다.

진정되지 않는 마음에 결국 다음 주로 검사를 미루기로 했다.

돌아가는 길에 난 준비를 하기로 마음먹었다.

다른 것 못해도 밥벌이라도 안정시켜 주려고 같이 하고 있던 학원을 혼자 하기는 힘드니 그동안 생각해왔던 카페를 서둘러 만들어 줘야겠다고 생각했다. 월세 부담을 없애려 땅을 사서 예쁘게 지어주고… 이렇게 생각을 하다 보니 내가 일 해왔던 날들이 생각났다.

지금까지 쉴 틈 없이 일만하며 살아온, 내 시간을 누리지 못하며 바쁘게 살아온 것이 후회되었다.

미련 남기는 것이 싫어서 그동안 하고 싶은 것을 적어 놨던 버킷리스트를 하나하나 해가기로 결정했다.

학원이고 뭐고 한 주만 쉬고 아이들과 햇살 쨍쨍한 날 공원으로 놀러갔다. 의자에 앉아 아내와 쉬고있었는데, 앞에서 까르륵 웃으며 비눗방울 놀이를 하고 있는 아이들의 얼굴이 눈에 들어오자 뭉클했다. 그동안 바쁘다고 많이 놀아주지 못하고 저 예쁜 얼굴도 못 봤다니.

이렇게 즐겁다면 즐거웠던 나날들을 보내고 나니 다시 병원에 가야하는 날이 다가왔다. 마음을 가라앉히곤 병원 안으로 들어갔다.

전에 봤던 의사선생님께서 묽을 액체를 주시는 것을 받아들고 마시기 시작했다. 약간 이상한 느낌만 들었지 별다른 이상이 없었다. 지금 이 세상을 떠나는 것이 아니라 한편으로는 다행이었다.

심장 검사가 끝난 후 초조한 마음으로 복도 의자에 앉아 결과를 기다리고 있었다. 문이 열리곤 간호사가 나와 아내를 불렀다.

"여기 앉으세요."

긴장되는 마음으로 컴퓨터를 확인하고 있는 의사선생님의 입이 열리기를 기다렸다. 덜덜 떨리는 손에 아내가 손을 잡아주곤 5분이 흘렀다. 드디어 의사선생님의 입이 열렸다.

"심장에 이상은 없고 역류성 식도염입니다."

나, 그리고 엄마

이가형

1

스물여덟, 대학을 위해 포항에 있는 집을 떠나 서울로 올라온 지 벌써 9년이라는 시간이 흘렀고, 대학 졸업과 동시에 시작한 자취 생활은 5년째에 접어들고 있다.

나와 각각 4살, 7살 차이가 나는 동생들은 작년을 기점으로 모두 다 각자의 자리를 찾아갔고, 고향인 포항에 남은 딸들은 셋 중 단 한 명도 없었다. 남은 건 아빠와 엄마, 부모님 두 분이셨다. 나는 서울에서 두 명의 동생 중 서울에 있는 대학교에 다니고 있는 한 명과 같이 살고 있는 중이고 나머지 한명은 다른 타지에서 대학을 다니고 있는 중이다.

나는 지금 취직을 했고, 매우 바쁜 삶을 살아가고 있다. 아침부터 저녁까지 일을 하고 돌아와선 밥을 먹을 힘도 없어 바로 침대에 눕는 것이 일상이 되었다. 일을 시작할 초기엔 이러한 바쁨이 좋았지만 시간이 지날수록 바쁜 나날들은 지쳐가는 나날들이 되었고, 서울에서 포항까지 가는 그 거리를 감당하기가 어려워져 일 년에 겨우 두 번 밖에 없는 명절도 둘 중 한 번만 찾아가기 시작했다.

불행 중 다행인 것은 동생의 성향이다. 같이 살고 있는 동생은 자기 혼자 밥을 할 줄도 알았고, 자기가 먹은 것은 치울 수 있을 정도의 인성도 갖춰져 있었으며, 자기 혼자 놀 줄도 알았다. 그리고 대학에 들어와 고등학교 때 쌓였던 모든 한을 풀듯이 온 밤을 휘젓고 다니는 동생은 새벽 늦게, 내가 잠에 들고도 한참이 지난 뒤에 집에 들어오는 경우가 대부분이었다. 그래서 나는 집에서 조금의 편함을 느낄 수 있었다.

위에서 어느 정도 예상할 수 있듯이 우리 집안은 딸이 셋이나 있는 집 치고는 그리 살가운 집안이 아니다. 동생과 나를 보면 알 수 있듯 서로를 그리 걱정하는 편도 아닐 뿐더러 서로의 대한 관심은 귀찮음이 되어 버리고, 특별한 날, 특별한 경우가 아니고서는 평소에 연락 한 통조차 하지 않는 것이 우리의 일상이 된 지 오래다. 나는 가족들 중에서도 조금 더 무심함 또는 무뚝뚝함을 가지고 있기는 하다. 그래서 내가 먼저 연락을 하는 경우는 손에 꼽을 정도로 드

물며 종종 부모님에게서 오는 안부 전화만이 우리의 소통
의 고리이다.

2

그날도 어느 날과 별 다를 것 없는 날이었다. 바쁜 일과를
소화하던 도중 한 통의 전화가 걸려왔다. 확인할 정신조차
없이 다급하게 전화를 받았고 전화기 너머에서는 엄마의 목
소리가 흘러 나왔다.

'딸~ 잘 지내고 있어? 점심 땐 지났는데 밥은 먹었지? 아
픈 곳은 없고?'

다른 날과 같이 안부를 묻는 전화였다. 언제든지 할 수 있
는 그 안부 전화를 바쁜 상황에서 받아서 그런지는 몰라도
알 수 없는 짜증이 올라왔고, 나는 엄마에게 '바쁘니 나중
에 다시 전화해' 하고 엄마의 대답을 듣지도 않은 채 매정
하게 전화를 끊었다. 끊는 순간 엄마의 다급한 목소리가 들
려왔지만 난 대수롭지 않게 생각했고 조금 시간이 지나서는
그 전화에 대한 기억조차 잊었다.

그날은 다른 날보다 좀 더 일의 양이 많았으며 당연히 나
는 평소보다 많이 늦은 시간이 되어서야 집에 들어 갈 수 있
었다. 워낙 바빴던 하루였던 지라 핸드폰을 확인할 정신도

없었다. 집이 위치하고 있는 층에 내가 타고 있는 엘리베이터가 도착했고 거기서 내려 집을 향해 걸어가는 순간 나는 내 눈을 의심 할 수밖에 없었다. 집 문 앞에 어떤 사람이 쭈그린 채 앉아 있었다. 소름이 돋은 채로 조심스럽게 그 사람에게 다가가서 그 사람을 살짝 건드려 보았다. 그 사람은 잠시 뒤척이다가 조심스럽게 고개를 들었고 나는 다시 한 번 내 눈을 의심했다. 그 사람은 엄마였다. 나는 놀란 채로 서둘러 엄마를 집 안으로 들여보냈다.

3

집 안은 예상대로 어두웠다. 동생은 아직 집에 들어오지 않았다. 엄마는 몇 시간을 앉아있었던 건지 온몸이 얼음덩어리 같았다. 얼른 집 안의 보일러를 키고 엄마에게 이불을 둘렀다. 엄마는 나를 지그시 쳐다보다가 말했다.

'하윤이는?'

김하윤, 내 동생의 이름이었다. 이 시간에 걔가 없는 것을 보면 답이 딱 나오지만 지금 상황에서 괜히 엄마를 걱정시키고 싶지는 않았다.

'과제한다고 늦을 거라고 했어. 너무 늦으면 친구 집에서 자고 올 거래.'

그래서 우선 아무렇지 않게 엄마에게 얘기했다.

엄마는 잠시 동안 생각에 잠겼다가 한 번 더 입을 열었다.

'나 오늘 아빠랑 싸웠어.'

그 말을 듣고 나는 잠시 동안 벙찐 채로 있다가 엄마에게 말했다.

'설마 그것 때문에 포항에서 여기까지 올라온 거야?'

'…'

'아니, 우선 그래 올라 왔다 쳐. 너무 화나면 그럴 수도 있어. 그럼 올라오자마자 나한테 전화를 하든가 김하윤한테 전화를 하든가 했어야지 왜 미련하게 내가 올 때 까지 문 앞에 앉아있었어? 오늘 내가 안 들어오기라도 했으면 어쩌려고? 지금이 어떤 시댄데… 엄마는 대체 생각이라는 걸 하긴 하는 거야?'

나도 모르게 언성이 높아진 상태에서 엄마를 나무라기 시작했다. 엄마는 아무 말 없이 나를 나의 말을 듣고 있다가 잠시 한숨을 내쉬고 나에게 말했다.

'네 아빠를 쏙 닮아가지곤. 엄마가 아빠랑 싸웠다고 하면 왜 싸웠는지 물어보는 게 먼저 아니니? 그래 네 말마따나 싸우다 도저히 말이 안통해서 홧김에 올라왔어. 1년에 연락 몇 번도 안 되는 니들 살아는 있나. 밥은 잘 챙겨 먹나 걱정이 돼서 그거 확인해 보려고 겸사겸사 올라와 봤어. 전화? 올라오자마자 했지. 넌 받아놓고도 그걸 네가 기억을 못해

놓고는 어디서 엄마를 가르치려고 들어? 전화해서 너희 집 주소 물어보고 비밀번호 물어보고 그러려고 했어 나도.'

  엄마는 잠시 숨을 가다듬고는 계속해서 말했다.

  '그런데 너는 내가 서울 올라왔다는 소리하기도 전에 바쁘다고 전화를 끊어버리고, 하윤이는 전화를 아예 받지도 않더라. 네가 바쁘다고 그렇게 전화를 끊었는데 내가 무슨 낯짝으로 너한테 다시 전화를 할 수 있겠니? 그래서 난 내 스스로 너 자취 시작한 날, 하윤이가 이 집으로 이사온 날. 딱 두 번 와 봤던 이 집 겨우겨우 찾아서 왔어. 그런데 비밀 번호는 아무리 생각해도 생각이 나지 않아서 전화, 몇 번이고 해 봤지. 근데 어쩜 둘 다 짜고 친 것처럼 단 한 번을 받지를 않을 수가 있어?'

  그 말을 듣고 나는 서둘러 나의 휴대폰을 열어 보았다. 부재 중 3건. 모두 엄마에게서 온 전화였다. 나는 머리가 띵해졌다. 죄책감이 들었다. 엄마 얼굴을 쳐다볼 수가 없었다. 나는 이때까지 내가 꽤 잘해오고 있다고 생각해 왔다. 조금 무심할 뿐이지 부모님에 대한 사랑은 누구에게도 지지 않는다고 나름대로 자부해왔다. 그런데 나는 엄마보다 일이 우선이었나 보다. 허탈해졌다. 마음은 그렇지 않은데, 누구보다도 엄마를 사랑하는데 그걸 표현하는 방법을 나는 알 수 없었다.

  나는 오늘을 쭉 되돌아봤다. 찬찬히 되돌아보던 중 근무

중에 걸려왔던 엄마의 안부 전화가 떠올랐다. 그 위에 엄마의 부재 중 전화가 오버랩되어 눈에 들어왔다. 그 후 집을 떠난 뒤 나의 행동들, 명절, 뜸한 연락, 바쁜 우리들, 엄마가 오늘 서울까지 올라온 이유 그리고 우리가 모두 떠나고 어쩌면 적막해졌을 집에서의 엄마의 외로움들이 파노라마처럼 머릿속에서 흘러갔다. 이러한 생각들이 끝난 후 나는 이유없이 눈물을 흘리기 시작했고, 그 뒤 엄마를 쳐다보고는 말했다.

'엄마, 미안해.'

말하고 난 뒤 눈물은 그치지 않고 끝내 울음으로 번져나갔다. 엄마는 그런 나를 쳐다보더니 살짝 미소 지으시고는 내게로 다가와 아무 말 없이 나를 끌어안아 주셨다.

내 여행의 증인을 찾습니다

이유정

 오늘 회사에 찾아 온 할아버지 한 분이 계셨어. 옷도 허름하고 신발도 낡았고 머리도 몇 없는 모습이 꼭 우리 할아버지와 닮으신 것 같았지. 안내 데스크에 가서선 누군가의 이름을 외치는 듯 보였어. 원하는 사람을 찾지 못한 듯 갸우뚱하시는 할아버지를 그날은 그렇게 지나쳐 갔어.
 다음날, 직원들과 점심을 먹고 들어오는데 그 할아버지는 또 누군가를 찾고 계셨어.
 이번에도 그럴 리가 없다는 표정으로 발걸음을 돌려 회사 밖으로 나가 버리셨지. 난 도대체 누굴 찾고 계시는 건지 너무 궁금해서 곧장 안내 데스크로 향했어. 그가 찾고 있던 사람은 지금 절대 만날 수 없는 사람이었어. 지금은 이 세상 사람이 아니거든.

그가 찾고 있던 '이시환' 씨, 지금쯤 살아있었으면 나와 같은 나이 28살에 나와 같은 회사 홍보마케팅부에 일하고 있었을 거야. 어떻게 이렇게 잘 아냐고? 물론 난 다른 사람한텐 별로 관심을 가지지 않아. 그런데 신입사원 첫 오리엔테이션에서 말도 똑 부러지게 잘하고, 처음 해본 티가 조금 났지만 꽤 많이 뭘 준비해 와선 동기들에게 나눠주기도 하고 그러더라고.

고맙다는 인삿말과 같이 그의 명찰을 슬쩍 바라보았어. '이시환' 오, 내 이름 이지환과 한 끗 차이더라고. 어쩌면 그래서 기억이 더 오래 남아있는지 몰라. 그 이후로 회사에서 종종 마주치면 어색한 눈인사로 대충 넘겨버리곤 했지. 그렇게 지내다가 어느 날 회사 동기회로부터 부고 문자 한 통을 받았어. 나랑 비슷한 나이일 사람이 벌써 떠나갔나 하는 생각과 그냥 별별 생각들로 그 문자를 열었어.

[WEB 발신]
아래와 같이 동기회에서 전해드립니다.
DM 그룹 마케팅 부서 12기 고 이시환 님의 발인이 모레 치러질 예정이오니 모두 참석해 주시기를 바랍니다.
일시: 2017년 2월 19일
장소: 서울특별시 서대문구 독립문로 37 한마음 장례식장

마음이 이상했어. 너무 싱숭생숭했어. 내가 아는 그 이시환 씨가 맞을까 의심부터 들었어.

왜 하늘나라로 갔는지 장례식이 한참 지나서야 알게 되었어. 이시환 씨는 부서 안에서 왕따였대. 같이 들어온 신입사원들 사이에서 이런 저런 소문이 퍼지기 시작하면서 매일 책상에는 쓰레기들과 분리수거 해야 할 이면지들만 잔뜩 올라와 있고, 점심시간만 되면 다들 약속이라도 한 듯 홀로 남겨두고 나가버리더래. 혼자 남아서 매일 컵라면만 먹었대.

장례식장에서 돌아온 나는 왜 그가 자살이란 무책임한 방법을 택했는지, 왜 나에게 이런 우울한 감정을 남기고 떠나간 건지 그냥 미웠어. 이렇게 빨리 헤어질 줄 알았더라면 매일 하던 눈인사 대신 한번쯤 "수고하십니다." 한마디 해줄걸 그랬어. 힘든 일은 없는지 물어봐 줄걸 그랬어. 밥은 잘 먹고 다니냐는 말 한 마디 건네 볼걸 그랬어.

"할아버지, 안녕하세요. 이시환 씨 동기인데 무슨 일로 찾아오셨어요?"

얼른 뛰어가서 할아버지를 붙잡고 여쭸어.

"아, 다름이 아니라 내가 오랜만에 손자 녀석 얼굴도 볼 겸, 병원도 다녀올 겸 서울에 올라왔더니 이 자식 할애비 전화도 안 받고 어디 있는지 도통 알 수가 없네."

이게 도대체 무슨 일이야? 그가 죽은 지 8개월이 다 되어가는데 왜 모르고 계시는 거야?

혼자 머릿속으로 오만가지 생각을 다 했어. 일부러 누군가에게 할아버지께는 알리지 말라고 부탁이라도 하고 간 건지, 할아버지께서 손자 잃은 슬픔에 기억을 잃으신 건지…. 정말 별 생각을 다 했어. 그때 머릿속을 빙빙 굴려 대충 시원찮은 대답을 만들어 냈어.

"아~ 시환 씨가 안 그래도 일을 너무 잘해서 회사에서 휴가를 보내줬어요. 한 일주일 정도 뒤에 돌아올 거 같아요." 할아버지는 역시 우리 손자다 하시면서 기뻐하셨어. 나도 왜 그런 말이 입 밖으로 나왔는지 잘 모르겠어. 이시환 씨가 알리지 말라고 했던, 할아버지가 기억을 잃으셨던 간에 이렇게 말해야 할아버지가 슬퍼하시지 않을 것 같았어.

"하이고, 참 아쉽지만 좋은 일로 갔으니. 네, 알려줘서 고마워요 청년." 할아버지는 조금은 가벼워진 발걸음으로 기차역을 향해 떠나가셨어. 한 고비를 넘겼다 싶었을 때 혼자 이런 생각이 들었어. '지금 내가 무슨 일을 저지른 거야?' 언젠가는 들킬 거짓말을 하고만 거야.

내가 책임져야 할 일을 또 하나 늘리고만 거야. 또 하루하루를 조마조마하며 살아가야 하는 거야. 꼭 어릴 적, 누군가가 쫓아오는 꿈을 꿀 때처럼 그 무서운 감정을 또 느껴야 하는 거야. 며칠 동안은 회사 일에 도저히 집중 할 수 없었어. 결국엔 일주일 휴가를 내던지고 집에 왔어.

휴가 첫날이야. 오늘은 이때까지 못 했던 집 청소를 하고 밀린 와이셔츠, 코트를 세탁 맡기러 갈 거야. 종이 가방 속에 와이셔츠를 곱게 개어 넣고 코트는 주머니에 뭐가 없을까 탈탈 털어 옷걸이에 걸고 있었어. 두 번째 코트를 터는 순간, 쪽지 하나가 바닥으로 떨어졌어.

불길한 예감이 들어서 펼치지 않으려 했지만, 무서운 과장님의 심부름일 수도 있으니 일단 손바닥 위에 펼쳤어. 꼬깃꼬깃한 종이를 펼칠 때 마다 한 글자 한 글자 썼다 지웠다 반복한 연필 자국과 번호 하나, 그리고 이름 하나가 적혀 있었어. 그리고 그 밑에는 이런 말이 적혀 있었지.

010-6798-1679 이종환

이런 부탁을 하게 되어 미안해요.

말씀은 드리지 마세요.

이게 누구 쪽지인지도 모르겠고 언제부터 여기에 들어가 있었던 건지도 모르겠어.

이 밤색 코트, 사실은 이시환 씨가 오리엔테이션 때 입고 나온 옷이야. 그때 옷이 너무 예뻐 보여서 얼마 지나지 않아 나도 하나 장만했어. 그리고 똑같은 옷을 입고 온 날이 있었어.

그날이 하필 동기회 회식 날이어서 더 부끄럽게 되버렸지 뭐야. 술에 잔뜩 취해 화장실에 다녀온다며 코트를 손에 챙겨 나갔어. 아, 도저히 못 버티겠어서 동기들에게 말도 안 하고 택시를 타고 집에 가버렸던 기억이 나. 술자리 때 옆에 앉았던 이시환 씨 코트와 바뀌어 버린 걸까? 아니면 이시환 씨가 내 코트 주머니에 넣은 쪽지일까? 일단 적혀 있는 번호로 전화를 걸었어. 걸걸한 기침을 하시는 할아버지의 목소리가 전화 연결음을 멈추게 했어.

"여보세요? 실례지만 혹시 이종환 씨 되시나요?"

"에, 맞습니더, 누구십니까?"

입술이 돌같이 굳어버렸어. 그때, 우리 회사에 찾아온 할아버지의 목소리와 똑같아도 너무 똑같았어.

"혹시 이시환 씨 할아버지 되세요?"

어디서 나온 용기인지는 모르겠지만 나도 모르게 말을 내뱉고 있었어.

"아, 저번에 그 청년인가?" 할아버지는 날 기억하고 계셨어. "얼마 전에 시환이 놈한테 잘 지낸다는 편지를 받았다네, 이제는 시환이 소식을 안 알려줘도 괜찮아, 신경 써줘서 고맙네."

통화는 그렇게 끝이 났어. 그런데 이시환 씨한테서 편지를 받으셨다니 그건 또 어떻게 된 일이야? 일이 어떻게 돌아가고 있는 건지 도저히 모르겠어.

휴가 둘째 날, 적혀 있는 할아버지 전화번호로 다시 한번 전화를 걸어 할아버지를 찾아갔어. 가서 눈으로 보니 더 믿을 수 없었어. 손 글씨로 적힌 편지가 한 통 더 와 있었어. 그것 역시 이시환 씨로부터 온 편지였어.

할아버지 안녕하세요.

손자 시환이에요.

엊그제 취직했다고 할아버지께 전화 드린거 같은데 벌써 꽤 많은 날들이 지났네요. 저는 서울에서 혼자 살지만, 밥도 잘 챙겨 먹고 회사에 지각도 안하고, 동기들, 선배님들도 저를 잘 챙겨주세요. 걱정 안 하셔도 되요!

이번엔 긴 휴가를 떠나요. 외국에서 많은 걸 경험해보고 올 수 있는 기회가 생겼어요. 전화하려면 요금이 많이 나올 테니까 제가 자주 편지로 소식 전할게요.

금방 돌아올 거예요.

그때까지 건강하세요

- 시환 올림

진짜 직접 쓴 글씨가 맞았어. 도대체 이게 어떻게 된 일인지 할아버지 동네의 우체국부터 우리 회사 주변의 우체국까지 샅샅이 뒤졌어. 서울에 있는 한 우체국에서 이시환 씨 이름으로 발송 예약된 편지 10개가 있었어. 우체국 직원 분께 사정을 말하고 다 뜯어서 내용을 봤어.

온통 잘 지낸다는 말, 외국은 어떻다 라는 말, 건강하시라는 말 그 뿐이었어. 항상 편지 끝엔 '전화를 거의 못 받아요.' 라는 말만 쓰여 있었어.

이시환 이라는 사람, 너무 나쁜 거 같아, 너무 짓궂은 거 같아. 나는 휴가를 통째로 생각만 하다 보내버렸어. 휴가 마지막 날, 문구점에 가서 이런저런 편지지 30장과 편지 봉투, 그리고 지도 하나를 사왔어. 지금은 그 편지지, 2장밖에 남지 않았어. 할아버지는 가끔 답장을 보내주시곤 해.

그래서 난 이 거짓말을 그만둘 수 없어. 할아버지께서 오늘은 어느 나라를 돌아다니고 있는지, 어떤 음식이 맛있었는지 여쭤보셨어. 내가 먹어본 적은 없지만 독일의 소세지를 맥주와 함께 먹으면 정말 맛있다고 다음에 꼭 같이 오자고 써서 보냈어.

이 거짓말을 이시환 씨 당신이 시작한 건지, 내가 시작한 건지 이제는 나도 잘 모르겠어. 나한테는 독일 소세지같이 유치한 건 안 통하니까 빨리 돌아와. 이제 여행 그만하고 돌아와.

같이 밤색 코트 입고 할아버지 뵈러 가자. 나 지금 지도 다 외우게 생겼어. 같이 여행하는 사람도 없이 나 혼자 온 세계를 돌아다니고 있어. 나 너무 외로워. 얼른 돌아 와.

봄의 자두

정소윤

　잠에서 깼다. 개운한 느낌과 동시에 불안한 느낌이 들어 베개 밑을 더듬더듬 거리며 핸드폰을 찾았다.

　- 7시 00분 -

　또 늦었다.

　"에이-"

　좋지 않은 감탄사를 내뱉으며 급하게 화장실로 달려갔다. 늦어도 머리는 감아야지. 가을이 지나 겨울이 왔다. 이불 밖을 나와서 내디딘 발은 차가운 바닥과 마주했다. 온수가 채 나오기도 전에 머리에 물을 갖다 댔다. 대충 샴푸질만 한 채 금방 헹궈냈다. 뚝뚝 떨어지는 물을 수건으로 대충 닦아내곤 머리를 말아 올렸다. 방으로 달려가 스킨로션을 대충 바른 뒤 교복을 챙겨 입었다. 핸드폰을 들어 시간을 확인했다.

- 7시 23분 -

목구멍까지 차오른 비속어를 가까스로 넘겼다. 7시 27분에 셔틀버스가 오기 때문에 24분까지는 나가야 하는데, 한마디로 망했다. 항상 이런 식이다. 교복 위에 후드집업을 걸치고 패딩을 챙겨 입었다. 머리카락과 함께 말아 올린 수건을 벗겨내고 물이 뚝뚝 떨어지는 머리카락을 한 번 찰랑였다. 책상 위에 널브러진 이어폰, 지갑 그리고 핸드폰을 챙겨들곤 정신없이 계단을 내려왔다.

"엄마, 다녀올게!"

"물 챙겨야지!"

"아, 맞다."

오른손에 쥐고 있던 핸드폰을 왼손으로 옮겨 쥐고 엄마에게서 물통을 받아냈다. 손 터질 것 같네. 신발을 대충 구겨 신고 집을 나섰다. 현관문을 열고 나오니 겨울의 건조하고 차가운 냄새를 풍기는 바람이 머리카락 사이로 불어왔다. 아으, 머리카락 또 얼겠다. 얼른 신호등 쪽으로 뛰어갔다. 다행히 아슬아슬하게 시간은 맞춘 것 같다.

신호를 기다리며 손에 들고 있던 이어폰과 지갑, 핸드폰을 패딩 주머니에 넣으려는데 주머니가 닫힌 줄도 모르고 꾸역꾸역 넣다가 그만 떨어트리고 말았다. 오늘 왜 이러니? 한숨을 푹 쉬며 주우려는데 옆에 나와 함께 신호를 기다리던 남자아이가 나보다 먼저 허리를 숙여 주워든다. 이 시간대에 나와 함께 셔틀버스를 타는 남자애였다. 입학하고 9개월 정도 지난 지금까지 한 마디도 주고받은 적이 없었다. 셔틀버스 운행하시는 아저씨가 차 타는 학생들을 체크할 때 들어서 이름 정도는 알고 있다. 그 아이가 굽혔던 허리를 펴곤 나에게 물건들을 건넸다.

"어… 고마워."

정신없던 와중이라 물건만 대충 받아들곤 고맙단 말을 건네었다. 마침 바뀐 신호에 길을 건넜다. 두피가 축축하고 차갑다. 요즘은 날이 추워서 여름처럼 머리 잘 안 마르는데, 큰일이다. 어제 3교시까지 머리가 덜 말랐던 게 떠올랐다. 춥다며 짝꿍에게 투덜투덜거렸고 찝찝한 느낌에 기분이 좋지 않았었다. 머리카락을 말리지 않으면 감기에 걸린다는 말을 최근에 들어 이해했다. 횡단보도를 다 건너고 셔틀버스가 오는 자리에 섰다. 지갑은 주머니 속으로 집어 넣고 핸드폰에 이어폰을 연결했다. 이어폰 두 쪽을 귀에 꽂고 요즘 좋아하는 노래를 틀었다.

♬ Mree - On your own ♪

잔잔한 기타 소리가 듣기에 좋았다. 간드러지는 가수의 여린 목소리도 마음에 들었다. 내 취향이었다. 멀지 않은 곳에서 셔틀버스가 오는 게 보였다. 셔틀버스를 타기 전 마지막으로 하늘을 올려다보았다. 요새 미세먼지 때문인지 계속 뿌옇던 하늘이었는데 오늘은 청명했다. 파란 하늘이 날 내려다보고 있었다. 차가 내 앞에 부드럽게 멈춰 섰다.

드르륵, 셔틀버스 문이 열렸다. 조금 높은 곳에 있는 차 계단을 밟아서고 올라탔다.

"안녕하세요, 아저씨!"

항상 그랬듯 아침인사를 드리곤 내가 항상 앉던 자리에 앉았다. 오늘도 무사히 학교 가는 길에 올랐다.

*

간밤에 기분 좋은 꿈을 꿨다. 원래 일어나던 시간보다 10분 정도 일찍 일어났다. 내 옆구리에 온기를 품은 채 꼭 붙어 잠들어 있는 꼬망이 깰까 조심히 일어났다. 아니나 다를까, 이불을 거둬내자마자 일어난 꼬망이었다. 꼬망이를 들어안고 침대에서 내려왔다. 꼬망이 밥그릇에 사료를 부어 주고 나는 씻으러 들어갔다.

머리를 말리고 와이셔츠와 교복 바지를 챙겨 입었다. 입학할 때까지만 해도 조금 큰 감이 있었는데 어느새 딱 맞아 떨어진 와이셔츠였다. 입학하니, 떠오르는 얼굴에 미소가 머금어졌다. 여름의 그것과 같은 아이였다.

입학식 날, 설레는 마음을 가지고 집을 나섰다. 하늘도 입학을 반겨주는 듯했다. 중학교는 집에서 걸어갈 수 있는 거리에 위치해 있었지만 고등학교는 아니었다. 그래서 셔틀버스를 타고 가야 했다. 셔틀버스는 집에서 3분 정도 걸어 신호등을 건너면 탈 수 있었다. 이 동네에는 같은 고등학교 다니는 친구가 없는가 보다. 멀리서 셔틀버스가 오는 게 보이는데 이 주변에서 버스를 기다리는 사람은 나뿐인 것 같았다. 버스를 타기 전에 하늘을 보았다. 파란 하늘에 달이 희미하게 떠 있다. 자주 볼 수 없는 모습이었기에 신기하고 나도 모르게 설레었던 것 같다. 입학식이라 별게 다 좋아 보이네. 버스가 서고, 문이 열리는데 옆에서 어떤 여자아이가 숨을 가쁘게 쉬며 달려오고 있다. 순간 나는 멍해졌다. 그 아이는 마치, 여름의 자두였다.

  이른 봄이었는데도 여름의 자두가 떠오른다. 그 아이는 볼에 자두의 고운 빛깔을 품고 있었고, 살짝 말려 올라간 입꼬리는 자두의 상큼함을 담고 있었다. 더욱이 그 아이가 가까이 왔을 때 덜 말린듯한 머리에서 은은하게 자두의 향이 났다. 정신이 아득했다. 머릿속에 들어온 자두가 점점 커져갔다.

"안 타?"

  첫 번째 자두였다.

  잠시 잃고 있던 정신을 붙잡게 해준 목소리는 달콤한 자두가 한가득 담긴 바구니를 내 심장 위로 마구 부어버리도록 했다. 쿵쿵쿵.

"아… 어."

당황함이 잔뜩 서린 목소리로 대답하고 얼른 버스에 올라 탔다. 생각 없이 빈자리에 앉았다. 뒤 이어 탄 그 여자아이 는 앉을 자리가 없는지 내 옆에 손잡이를 잡고 섰다. 창밖을 바라보며 숨을 고르고 있었다. 찬 공기가 그득한 밖에 있다 가 히터 공기로 가득 찬 안으로 들어와서인지 아이의 볼이 자두 빛으로 더 진하게 물들여 가고 있었다. 그 모습을 보고 있는 나도 함께 물들어 가고 있었다. 그 여자아이에게.

운동화를 신고 집을 나섰다. 입학식 때보단 덜했지만 그때 와 비슷한 온도를 맞춰가는 듯한 기온이었다. 코가 시린 듯 한 느낌이 들어 발걸음을 서둘렀다. 평소와 같은 길을 걸어 신호등에 도달했다. 항상 내가 먼저 도착해 있었다. 여자아 이와 같은 버스를 타기에 길을 항상 함께 건넜지만 신호를 기다릴 때는 내가 온 다음, 그 아이가 뒤이어 왔다.

뒤에서 가벼운 발자국 소리가 들렸다. 벌써 마음을 물들 어 가고 있는 자두의 달콤함에 심장이 평소보다 빨리 뛰는 듯했다. 어느새 내 옆에 선 아이였다. 옆 눈으로 살짝 쳐다 보았다. 오늘도 머리를 덜 말린 채로 등교하는 듯했다. 양 손에 무얼 가득 들고 있었다. 그런데 그 아이가 그걸 보지 도 않고 닫힌 주머니에 꾸역꾸역 넣는데 나도 모르게 피식 웃음이 나왔다. 그러다 물건들이 바닥으로 후득 떨어졌다.

깜짝 놀란 아이의 표정을 다 보기도 전에 허리를 숙여 물건들을 주웠다. 그리곤 상체를 들어 올려 물건을 건네었다. 그 아이의 얼굴은 오늘도 자두를 한껏 담고 있었다. 그런 아이는 물건들에만 관심이 있는지 나의 얼굴은 쳐다보지도 않고 말을 건네었다.

"어…. 고마워."

두 번째 자두였다.

마침 바뀐 신호에 아이는 먼저 길을 건너갔다. 파란 하늘을 배경으로 걸어가는 너는 걸음걸음마다 달콤함을 흩뿌리고 가는 듯했다. 등굣길이 이렇게 달달할 수가 없다. 어느새 버스를 기다리는 곳에 도달한 아이는 귀에 이어폰을 꽂고 노래를 들었다. 하늘을 한 번 바라보는 아이를 따라 나도 한 번 고개를 들어보았다. 하늘은 네가 볼에 머금고 있는 자두의 빛깔만큼이나 고왔다. 어느새 도착한 버스에 아이는 먼저 올라타며 기사 아저씨께 평소와 같은 인사를 건넨다.

"안녕하세요, 아저씨!"

오늘도 자두의 달달함에 흠뻑 빠져버린 아침이었다.

소년의 자화상

조윤주

세상에는 시간이 지나면 사라져야 하는 것들이 있다. 여기 저기가 찢어져 있는 낡은 옷, 유행이 지난 투박하게 생긴 폴더폰, 그리고 그런 옷과 휴대전화를 갖고 있는 이 나라의 고등학생 한 명.

성준은 자신이 제11회 한국 청소년 문학상 수상작에 나오는 남자 주인공과 굉장히 닮아 있다고 느꼈다. 주인공은 세상에서 달이 가장 잘 보이는 곳에 살고 있었고 어미는 병에 걸려 그가 어렸을 때 허무하게 죽어버렸으며 죽지 않기 위해 아버지라고 부르는 중년 남자는 하루가 멀다 하고 도박판을 벌이고 오는, 지옥과도 다름없는 곳에서 주인공은 한줄기 빛을 찾아냈다. 그 빛을 쫓자 그는 어느새 성공해 있었고 먼 훗날 어른이 된 그는 어린 날의 불우한 기억을 남의 일처럼 웃으며 기자들 앞에서 이야기하고 있었다. 책을 덮은 성준은 생각했다. 이 책은 절대로 '소설' 이다.

눈꺼풀을 힘겹게 떠 보면 제일 먼저 보이는 건 곰팡이가 껴 푸르게 보이는 천장이었다. 반지하 빌라에 사는 성준에게 푸른 하늘은 사치였다. 이불을 개고 퀴퀴한 냄새가 나는 화장실로 들어가 거울 속에 비친 얼굴을 보았다. 초등학교 5학년 때 혼자서 달걀 후라이를 하다가 기름에 데인 화상 흉터가 원래 있던 것 마냥 위화감 없이 고요히 자리 잡고 있었다. 성준은 저의 인생처럼 거창한 이유도 없이 생긴 흉터를 좋아하지 못했다.

언젠가 성준은 아버지에게 용기를 내 여쭤본 적이 있다. 아버지는 꿈을 꿔 본 적이 있느냐고. 아버지는 짜증도 섞여 있지 않는, 그의 거무튀튀한 피부처럼 건조하게 갈라진 투로 대답했다.

"가서 술이나 사 와."

가을이 사라진 겨울이었다. 더위에 약해 늦가을까지 하복을 입는 남고생이었지만 보일러가 고장 나 패딩을 껴입고 자야하는 겨울보다는 나았다. 이번 해의 겨울이 지나면 또 봄이 올 것이다. 같이 꽃놀이를 갈 동갑내기 여자 친구가 있는 것도 아니었다. 그럼에도 성준은 봄만 되면 이상하게 가슴이 뛰어왔다. 흩날리는 꽃잎을 바라보는 설렘보다 이번 해에도 죽지 않고 살아있다는 안도감이 성준의 명치 부근을

뜨끈하게 감쌌다. 눈을 뜨면 봄이 와 있기를. 성준은 아버지의 고함소리와 유리가 깨지는 날카로운 소음을 자장가 삼으며 억지로 눈을 감았다.

카페 사장에게서 내일부터 나오지 말라는 문자를 받았다. 학교에서 온 문자가 아니라서 다행이라고 생각했다. 성준은 자꾸만 집으로 찾아오는 사채업자 때문에 학교를 여러 번 빠져야만 했다.

30대 초반의 젊은 담임은 그런 성준을 이해했다. 고민이 있으면 언제든지 연락하라고 준 전화번호가 적힌 쪽지가 성준의 바지주머니 속에 아직도 있었다. 성준은 멍하니 쪽지를 내려다 보다 이내 찢어버렸다. 두 달 전 아버지에게 맞아 죽기 전에 딱 한번 전화를 거니 담임은 다급한 목소리로 딱 한마디만 했다.

"경찰한테 전화해야지, 이 늦은 밤에 왜 나한테 그래?"

알바를 새로 구해야만 했다. 집 앞 슈퍼에서 밀린 외상값을 갚으라고 닦달이 왔다. 그래도 슈퍼 주인인 중년 여자는 성준을 아들처럼 아꼈다. 어린데도 벌써부터 철이 들었다고. 자신의 집에 있는 누구와는 다르게 착하다고. 성준은 저를 아껴주는 아주머니의 아들에게 4년 째 금품갈취를 당하고 있었다.

한 번만 더 빠지면 퇴학을 당할 거라는 담임의 말에 성준은 오랜만에 교복을 챙겨 입었다. 1학년 때는 조금 헐렁했는데 색이 다 빠진 니트 조끼가 성준의 가슴팍을 아리게 꽉 조여왔다. 헉, 누군가가 주먹으로 폐를 꽉 쥐는 듯한 느낌에 숨이 다 막혔다.

"인범아, 이성준 쟤 학교 잘린 거 아니었어?"

"알 빠냐? 아침부터 짜증나게."

성준은 저도 모르게 익숙한 목소리의 주인공을 쳐다봤다. 최인범. 슈퍼 집 막내아들이었다. 인범은 키가 컸다. 인물도 나름대로 좋은 편이라 조금 과장해서 말하자면 눈을 잠깐 한눈 판 사이에 여친이 바뀌어 있었다. 인범은 아버지와 매우 닮았다. 외향도 성격도.

인범의 아버지는 결코 크지 않은 사업을 운영하는 기업인이었다. 실적이 그렇게 좋은 건 아니었는데 인범의 할아버지가 젊었을 때 사 놓은 시골 땅이 재계발로 인해 값이 몇십 배가 올랐다고 했다. 인범이네는 한마디로 졸부가 된 것이다.

인범의 어머니, 그러니까 슈퍼 아줌마는 온 동네방네 자랑하느라 바쁜 나날을 보내야만 했다. 우리 남편이 어젯밤에 갑자기 꽃다발하고 비싼 핸드백을 하나 사왔더라고요. 그이처럼 악착같이 사니까 이렇게 우리 집에도 드디어 한 줄기 빛이 들어오나 봐요. 아줌마는 핸드백 앞의 형용사 '비싼'을 굉장히 강조했다.

성준은 그제 밤 인범이네 아저씨를 봤다. 그의 옆엔 10년

전에 자살한 저의 누이와 비슷한 또래인 여자가 아저씨의 팔에 찰싹 달라붙어 팔짱을 끼고 있었다. 둘은 모텔로 들어 갔고 여자의 맨살이 드러난 어깨 너머로 아저씨와 눈이 마주쳤다. 성급히 저를 부르는 묵직한 중저음의 목소리에 성준은 발걸음을 돌려 집으로 향했다.

"야, 이성준."

꽤 가까이서 들리는 음성에 퍼뜩 고개를 들었다. 인범이 짜증 섞인 얼굴로 짧게 욕짓거리를 내뱉었다.

"끝나고 시간 있냐?"

"나 오늘은 돈 없어."

"아이 씨-, 병신아 시간 있냐고."

인범이 습관적으로 손을 올리자 성준은 습관적으로 몸을 낮게 낮췄다. 성준이 처음부터 같은 반 학우에게 이렇게 바닥을 길 정도로 눈치를 보게 된 건 아니었다. 성준의 누이가 죽기 전까진 둘은 꽤 친하기까지 했다.

누이는 아버지를 대신해 가정을 지키기 위해선 뭐든지 하는 여대생이었다. 그런 누이를 인범의 아버지는 대견하다 며 자주 그녀의 어깨를 쓰다듬어 주었다. 그때 누이의 표정 이 안 좋았다는 걸 알아차렸어야 했는데 여덟 살의 성훈은 너무 어렸다. 누이가 인범의 아버지의 차에 올라타는 횟 수가 늘어날수록 산부인과에 가는 날도 늘어났다. 어느 날 소파도 아닌 거실 바닥에 주저앉듯 앉아있는 누이가 성준에게 말했다. 반짝거리는 빛을 봤다고 생각했는데 달려가 보니 깨진 술병이었다고. 그게 누이의 유언이었다. 그 후부턴 성준은 인범을 볼 때면 그와 똑 닮은 아버지가 생각나 피해 다녔다.

"아빠가 너 좀 보재. 할 말 있다고."

누가 때리지도 않았는데 성준의 숨통이 조여 왔다. 인범은 곧 울 것 같은 성준의 머리를 내리치곤 무심하게 다시 자신의 자리로 돌아갔다.

야자를 마치고 나오니 운동장 한 쪽에 외제차 하나가 대어져 있었다. 하루아침에 졸부가 되니 그들은 정도를 모르고 치장하는 데 돈을 쓰기 시작했다. 학생들은 비싼 차를 보며 누구의 부모인지 알아맞히려고 했다. 성준이 차 옆을 지나가자 경적이 울렸다. 성준은 그 자리에 멈춰서 고개만 옆으로 돌렸다. 창문이 위잉거리며 거침없이 내려졌다. 인범의 아버지였다. 그는 죽은 누이의 어깨에 팔을 올렸을 때처럼 자상하고 환한 미소로 성준을 보고 있었다.

"인범이는 요즈음 학교에서 잘 지내니?"

"잘 모르겠어요. 안 친해서요."

성준은 너무 빨리 말하는 바람에 그가 제대로 알아듣지 못했을까 봐 걱정까지 되었다. 손이 덜덜 떨리고 히터도 안 튼 차 안에서 등은 식은땀으로 푹 젖어들었다. 중년 남자는 사람 좋게 허허 웃으며 성준의 허벅지에 손을 올렸다. 깜짝 놀라 흔들리는 눈빛으로 쳐다보자 어느새 남자는 그 자상한 얼굴에서 웃음기를 싹 거두었다.

"우리 아들이 그러더구나. 네가 그림을 그렇게나 잘 그린 다고."

최인범이 말했을 리 없다. 저를 입막음하기 위해 사람을 시켜 알아보곤 지금 아주 태연하게 연기를 하고 있음에 틀림없어 성준은 화가 울컥 치밀어 올랐다.

"미대에 가려면 돈이 많이 든다던데, 네 아버지는 뭐, 알고 있니?"

"…"

"이 아저씨가 좀 도와줄까?"

남자는 제가 미술 학원비를 내줄 수 있다고 호언장담했다. 대신 아무에게도 그 날의 비밀을 말하지 않겠다는 약속으로. 이만하면 성준에겐 실보다 득이 더 컸다. 성준은 또 모르겠다는 대답만 작게 웅얼거렸다. 간단히 목례를 하고 차에서 내리려고 하자 남자가 성준을 보지도 않고 나지막이 읊조렸다. 그년처럼 되기 싫으면 말 들어라.

차 문을 제대로 닫지도 못했다. 손이 고장 난 것처럼 뇌의 명령을 듣지 않았다. 아까부터 속이 울렁거렸다. 무작정 뛰기 시작했다. 뛰는 순간에도 성준은 자신이 영화 속의 주인공이라도 된 것 마냥 꼴깝을 떨고 있다고 생각했다. 울고 싶었는데 눈가가 마냥 건조했다. 어느새 저는 울지도 못하는 사람이 되어 있었다.

　퍽 하는 소리와 함께 성준은 딱딱한 시멘트 바닥을 나뒹굴었다. 부딪힌 상대방은 패딩주머니에서 손도 빼지 않고 제게 다가왔다.

　"너, 여기서 뭐하냐?"

　성준과 같은 교복을 입고 있었다. 그는 이제 사모님으로 불리고 싶어 하는 슈퍼 집 아주머니와 불과 몇 분 전 저에게 되도 않는 협박을 한 남자의 소중한 아들인 최인범이었다.

　"맞다, 너 돈 좀 있지. 빨리 내봐 봐."

　성준이 비틀거리며 일어나자 다시 발을 걸어 넘어뜨렸다. 대답도 않고 숨만 몰아쉬는 성준에 짜증이 난 인범이 빨리 돈을 내놓으라고 소리쳤다. 지나가던 행인들은 어쩌다 보게 된 싸움 구경이 재미있어 자기들끼리 킬킬대고 있었고 인범은 자꾸만 발로 걸어차기만 했다. 저와 닮은 책 속의 남자주인공은 이럴 때 어떻게 했더라, 분명 멋지게 벌떡 일어나 한 대 갈겼던 것 같은데. 성준은 가까스로 다시 일어났다. 머릿속에선 이미 인범이 제게 무릎을 꿇고 빌고 있었다. 괴상한 소리를 내지르며 아무렇게나 주먹을 휘둘렀다. 인범은 한 대도 맞지 않았다.

　정신을 차려보니 가장 먼저 보이는 건 새까만 밤하늘이었다. 자잘하고 하찮은 별 몇 개가 달도 뜨지 않은 밤하늘을 열심히 반짝이고 있었다. 성준은 시꺼먼 인간의 죄악에 슬퍼하는 천사의 눈물방울 몇 개를 감흥 없이 응시했다. 저 중에 나의 누이도 있을까. 아니, 없을 것이다. 누이는 지금 죄를 어겨 지옥에 있다. 아기를 불법적으로 없앴다는 이유로. 숨통을 조여오는 죄악감에 누이는 스스로 지옥을 택했다.

성준은 뜬금없이 법의 형평성에 대해 곰곰이 생각했다. 누이는 아무리 생각해도 잘못이 없다. 그녀는 죽기 전까지 태어나지 못한 아기에게 미안해했다. 정작 누이와 아기를 죽게 만든 당사자는 떳떳하게 잘 살고 있는데. 저가 만약에 누이였다면 살인죄로 감옥에 갇혀 있을 것만 같았다. 그러나 이젠 뭐든 좋았다. 성준은 열여덟 인생 처음으로 공허함을 느꼈다.

성준은 미술학원을 다니기 시작했다. 미술학원에서 제일 처음 그린 그림은 성준의 자화상이었다. 자화상에 그려진 성준은 화상 때문에 생긴 흉터 따위 갖고 있지 않았다. 사실적으로 그려야 한다는 원장의 말에도 성준은 기어코 화상에 흉터를 넣지 않았다. 얼굴까지만 아슬히 그려져 있는 그림 속의 성준은 그 말간 얼굴로 티 하나 없이 웃고 있었다.

인범은 무슨 이유에서인지 몰라도 더 이상 성준을 때리지 않았다. 성준의 아버지는 사채업자를 피해 집을 나간지 일주일이 채 안되었다. 사채업자는 그날 얼굴이 엉망인 채 저에게 울며 사정하는 성준을 보곤 없던 동정심이라도 생겼는지 상환기간을 늘려주었다. 알바도 새로 구했다. 이번엔 삼겹살 집이었다. 모든 일이 순조롭게 풀렸다.

봄을 쉬이 내주지 않는 2월의 늦겨울이었다. 성준은 알바를 마치고 4분 쯤 남은 버스를 기다렸다. 108번에 올라타자마자 보이는 빈 자리에 털썩 앉았다. 밑단이 터져 비슷한 색깔로 꿰맨 아이보리 색 에코백을 들추자 도서관에 아직 반납하지 못한 책 한 권이 들어 있었다. 저번에 읽다 만 책이었다. 저와 비슷한 환경에서 자라 결국은 성공한 소년의 이야기가 담긴 책. 성준도 어쩌면 책 속의 주인공이 될 수 있을지도 모른다. 어쩌면 이 책은 소설이 아니라 수필이 될 지도 모른다.

성준은 깜깜한 바깥풍경 때문에 창문에 올곧이 비치는 제 얼굴을 빤히 바라보았다. 그리곤 어색하게 입꼬리를 당겨 올려 웃어보았다. 뺨 언저리에 있는 화상 흉터가 거슬렸지만 꼭 행복한 사람처럼 보였다. 성준이 내려야 할 정거장에 다 오자 오래된 폴더폰이 지잉 울렸다. 버스에서 내리고 가만 서서 문자 메시지함을 꾹꾹 열어보았다.

[입금 바랍니다.]

문득 오늘이 며칠인지 기억이 나지 않았다. 폰을 다시 덮었다가 열어보니 조그만 액정에 21이라고 동동 떠 있었다. 21일까지 돈을 다 갚지 않으면 사람을 보내겠다는 사채업자의 말이 그제야 생각났다. 물론 모아둔 돈은 생활비로 다 썼다. 성준은 휴대전화를 야상점퍼 주머니에 집어넣고 멍하니 입을 벌린 채 걷기 시작했다. 그리고 생각했다. 역시 그 책은 '소설'이었다고. 그날 미술학원에서 성준이 그린 자화상의 주인공은 성준이 아니라 소설 속의 이름 모를 소년이었다. 붉으스름한 화상 흉터 위로 눈물이 차마 중력을 거스르지 못하고 이내 힘없이 흘러내렸다.

희곡

20년_ 박은서
게임 밖에서 놀자_ 이유진

20년

박은서

등장인물 : 선생님 (이휘향), 귀신- 과거 학폭 가해자 (한재연),
주인공 (민한솔), 민한솔 엄마-과거 학폭 피해자 (나미정),
친구1 (최지현), 친구2 (오지은), 친구 3 (박윤지), 친구4 (김다영)

#1 교실 / (현재) / (낮) / (쉬는시간)

— 민한솔과 반 친구들이 모여 이야기를 나눈다.

민한솔   (속삭이듯이) 내가 엄마한테 들은 얘긴데 우리
      학교에서 큰 사고가 있었대. 옛날에 학교폭력 사례
      가 있었는데 학교가 끝난 후에 가해자랑 피해자가
      작은 다툼이 있었고 그날 밤 둘 중 한 명이 죽었대.
      그리고 죽은 그 사람이 자신이 죽은 것이 너무 억울

해서 아직까지 학교에 돌아다니고 있다는 소문이 있
어. 완전 소름 돋지?

최지현　하긴 옛날에 우리학교에 칫솔 도둑도 있었다던데
　　　　역사가 오래되니깐 별 얘기도 많다.

박윤지　소름 돋는다. 민한솔 빨리 말해 봐.

민한솔　그러니깐 그날 밤에…

#2로 화면이 전환된다.

#2 **학교옥상 / (밤) / (회상)**

― 나미정은 구석에 쭈그려 앉아 있고 그 앞에 한재연은 양반다리
하고 앉아 있다.

한재연　(나미정의 머리를 한 대 때리며) 이건 오늘 아침 내
　　　　가방 가지러 안 온 값!

― 나미정은 꿋꿋이 맞고 있다.

한재연　(또다시 한 대 때리며) 이건 내가 말하기 전에 급식
　　　　안 갖다 놓은 값!

― 나미정은 맞다가 고개를 들며 째려본다.

한재연　(어이 없다는 듯이 손을 위로 든다.) 미정아 지금 나
　　　　째려보는 거야? 그럼 이건 그 더러운 눈으로 내 얼굴
　　　　쳐다본 값!

나미정　(아파하며 두팔로 얼굴을 감싼다.) 아파…

한재연　(웃으면서 상냥한 목소리로 얼굴을 쓰다듬으면서)

미정아 아파? 아프면 안돼.

나미정 (두팔을 내리며) 아니… 괜찮아…

한재연 (정색하고 다시 때리기 시작한다.) 괜찮으면 한 대
　　　더 맞아.(때리고 일어나서 가방을 매며) 미정아, 우
　　　리 이제 집에 가자.

— 한재연은 배드민턴 선수였기에 자신의 배드민턴 가방을 들고 먼
저 옥상을 내려온다.

나미정 가만 안 둘 거야..

— 나미정은 한재연이 나간 옥상문을 한참을 바라본 후 주먹을 쥔 후
다짐을 한 듯 일어서고 한재연 뒤를 따라간다.

#3 교실 / (낮)

민한솔 나 내가 얘기하면서 완전 소름돋았다.

최지현 (어이 없다는듯이) 한솔아, 소설 작가 해라.

민한솔 (답답하다는 듯이) 그 귀신 때문에 우리 위에 바로
　　　옥상인데 자꾸만 이상한 소리 들리는 거라던데.

— 수업 시작 종이 치고 반 아이들은 민한솔 얘기를 믿을 수 없다는
눈빛으로 자신들의 자리로 돌아간다.

#4 교실 / (저녁)

— 저녁식사를 하고 난 후 아이들이 하나 둘씩 교실에 모이기 시작
하고 야자 시작종이 친다.

방송 여러분 7시 5분입니다 앉아서 자습 준비합니다.

— 아이들이 자리에 앉고 각자의 공부에 집중하고 있을 때 갑자기 옥상에서 이상한 소리가 들린다.

민한솔 (조용히 반 아이들에게 말한다.) 들었지? 이상한 소리. 내가 낮에 얘기한 귀신소리다.

— 반 아이들은 민한솔 얘기를 들은 후 더욱 웅성거린다.

감독선생님 왜 이렇게 시끄럽지? 조용히 자습해라.

#5 (야자 쉬는 시간) / (교실)

— 자습이 끝나고 아이들은 아까 옥상에서 난 소리에 대해 이야기를 하고 민한솔과 친구 1~4 역시 같은 이야기를 하고 있다.

민한솔 옥상에 귀신 있는거 아니냐? 올라가 볼래?

오지은 (흥미롭다는 듯이)올라가보자 귀신 보이지도 않을 텐데. 안 무섭다. 가 보자!

김다영 (진지한 표정으로) 귀신 무서운데.

박윤지 (웃으며 장난스럽게) 나는 니가 더 무섭다. 니도 거울에 비친 니 얼굴보고 와서 옥상 올라가면 덜 무서울 듯.

최지현 진짜 공감 그럼 다영이가 앞장 서서 우리 가 보자 한번.

민한솔 진짜? 자신 있나?

#6 학교 / (옥상 계단 근처)

박윤지 (장난스럽게) 근데 계단 몇 개 올라가는데 이렇게 많은 인원이 다 가야하냐? 위에 뭐 있는지만 보면되는 거 아니야? 우리 가위바위보해서 진 사람이 보러가기로 하자.

― 민한솔과 친구들은 가위바위보를 하고 김다영은 묵을 내고 김다영을 제외한 4명은 빠를 낸다.

김다영 (무서워하며) 혼자가는 건 무서운데 한 명만 같이 가자.

최지현 (어쩔 수 없다는 표정으로) 그럼 니가 한 명 선택해라.

김다영 (웃으면서) 너

최지현 (당황스럽다는듯이) 어? 조금 당황스러운 선택이기는 하지만 같이 가줄게.

― 김다영이 최지현 팔에 딱 붙어서 둘이 올라간다.

최지현 (귀찮다는 듯이) 놔라 덥다.

김다영 (장난식으로 앙탈을 부리며) 안돼! 다영이는 무서워.

― 그때 갑자기 켜놓았던 계단의 불이 꺼진다. 최지현, 김다영이 비명을 지른다 그 소리를 들은 민한솔과 친구들은 웃으면서 불을 다시 켠다.

민한솔 (웃으면서 소리친다.) 겁쟁이들아!

최지현 (놀라지 않은 척 하며) 이런 장난 치지 마라. 재미

없다.

#7 학교 / (옥상) / (밤)

─ 최지현과 김다영이 함께 올라갔지만 옥상에는 아무것도 없었고 음산한 기운을 느끼며 돌아온다. 아이들은 무서워서 달려서 계단을 내려오는 데 그때 다영이의 주머니에서 립밤이 떨어진다. 둘은 립밤이 떨어지는 것을 못보고 내려온다.

최지현, 김다영 (별것 아니라는 듯이) 아무것도 없네. 민한솔
　　　　완전 거짓말쟁이.

민한솔 (웃으면서) 귀신이 니네 눈에 보이겠냐? 교실에 들
　　　어가자.

김민지 (정색하며) 민한솔 너는 거짓말도 재미 없게 하냐
　　　(민한솔 등에 붙어서 귀에 대고 말한다.) 내 쉬는 시
　　　간 내놔!

민한솔 (정색한다.) 재미없다. 떨어져라.

─ 야자 2부를 알리는 종이 친 후 또다시 방송한다.

방송 야자 2부 시작했습니다. 자리에 앉아서 각자 공부 준
　　　비하세요.

─ 복도에서 자습하는 장면을 찍는다. 자습이 모두 끝나는 종이 울린다.

방송 각 반 문단속 도우미들은 에어컨과 선풍기를 끄고 하
　　　교할 수 있도록 합니다.

#8 학교 / (복도) / (밤)

― 자습이 끝난 후 학생들이 학교를 다 빠져 나간 뒤 귀신이 지나간다. 학교에 마지막까지 남은 선생님이 반에 아이들이 있는지 확인하고 복도를 지나가는데 그때 선생님은 무언가를 느끼고 뒤를 돌아보는 순간 누군가가 교실 뒷문으로 들어간다.

선생님 거기 누구니?

― 선생님이 누군가가 들어간 교실로 가 보았을 때 문은 잠겨 있었고 아무도 없었다.

#9 옥상 / (다음 날 아침)

― 한재연이 옥상에서 교문 쪽 무언가를 주시하며 서 있다. 시선을 따라 가보니 교문에서 딸(민한솔)을 배웅해 주는 나미정을 보고 있다.

#10 교실 / (아침)

― (영어듣기 방송 시작을 알리는 방송이 나온다.) 영어듣기방송을 시작하겠습니다.

민한솔 (교실에서 가방을 풀며 오지은을 바라보며 말한다.)
지현이랑 다영이 왜 아직 안 왔어?

오지은 (책을 쌓으며 잘 준비를 하며) 몰라. 아무 말 없던데.

― 민한솔은 신경이 별로 안 쓰이는 듯이 하던 일을 계속 한다.

#11 교실 / (점심시간)

― 평소와 다름없이 점심을 먹은 후 교실에 올라와 양치할 준비를 하고 있었고 이때 방송이 나온다.

선생님 1학년 1반 학생들은 지금 당장 교실에 앉아 있습니다.

― 반 친구들은 웅성거리고 자리에 앉아 있다.

민한솔 뭔 일이냐?

오지은 우리 뭐 잘못했어?

박윤지 또 뭐 의자 안 올려서 그러겠지.

― 선생님께서 교실로 들어와 아이들에게 무거운 목소리로 말한다.

선생님 어제 학교가 마친 후에 지현이와 다영이가 하교하다
　　　　가 교통사고가 나서 지현이는 지금 중환자실에 누워
　　　　있고 …

― 반 아이들이 웅성거린다.

선생님 조용! 다영이는 그 사고 장소에 같이 있었고 그 장면
　　　　을 목격한 후 충격으로 며칠 집에서 병원을 다니며
　　　　상담을 받는다고 하더라 너희도 하굣길에 조심하고
　　　　병문안도 한번 가 보도록 해라.

― 선생님이 교실을 나가시고 아이들은 웅성거린다.

#12 교실 / (7교시 쉬는 시간)

오지은 (혼잣말로) 지은아?

박윤지 뭐래? 혼자.

오지은 김다영 카톡 왔어. 자기 어제 그 옥상 올라가는 계단
에서 내려오다가 샤넬 립밤 떨어뜨렸다는데?

민한솔 설마, 올라 가야돼?

오지은 응, 갖다 달래. 오늘 야자 끝나고 가자.

박윤지 무서운데 일단 알겠어.

— 수업 시작 종이 치고 아이들은 자리에 가서 앉는다.

#13 교실 / (야자 쉬는 시간)

오지은 한솔아, 윤지야! 가자.

박윤지 민한솔, 어디갔냐?

지나가는 친구 1 몰라, 어디 가던데 똥 싸러 갔나?

오지은 미친, 쫄아서 도망 갔나보다.

박윤지 찌질이네 가보자.

#14 옥상 올라가는 계단

오지은 (샤넬 립밤을 가리키며) 야, 저기 있네.

박윤지 (자신의 팔을 문지르며) 맞네. 근데 여기 좀 춥다.

오지은 인정. 빨리 내려가자.

— 오지은과 박윤지는 샤넬 립밤을 들고 만족스러운 표정으로 계단
을 내려와 교실로 들어간다.

#15 교실 / (아침)

민한솔 오늘은 지은이랑 윤지가 늦네. 쌤한테 여쭈어 볼
　　　　까?

— 민한솔은 교무실 안으로 들어간다.

민한솔 선생님, 오늘 지은이랑 윤지 안 왔는데요?

선생님 알겠다. 어머니께 전화해 볼게.

— 선생님은 민한솔 앞에서 오지은이랑 박윤지 어머니께 전화를
건다.

선생님 안녕하세요? 지은이 어머님(당황스럽다는듯이) 네?
　　　　[발목이 부러져서 오늘 학교가기 힘들 것 같네요.]
　　　　아, 그렇군요 내일은 올 수 있나요?[내일은 좀 힘들
　　　　것 같습니다] 아, 네.

선생님 (한숨을 쉬며 핸드폰의 번호판을 누른다.) 네, 윤지
　　　　어머님! 윤지 담임입니다. 윤지가 아직 학교에 오지
　　　　않아서 전화드렸습니다.[윤지가 몸이 안좋아서 오늘
　　　　학교가기 힘들 것 같네요.] 아… 네 그럼 내일은 등교
　　　　할 수 있나요?[오늘 밤에 상태 보고 내일 문자드리겠
　　　　습니다.] 아, 그렇군요. 알겠습니다.

민한솔 (걱정스럽다는 듯이) 쌤, 뭐래요? 오늘 학교 올 수 있
　　　　대요?

선생님 (웃으면서) 둘 다 감기라던데? 내일은 올 수 있단다
　　　　걱정 말고 반에 올라가서 자습해라.

민한솔 (장난식으로) 아, 뭐야 걱정했는데 별거 아니네. 쌤,
　　　　근데 이때까지 아픈 애들 다 옥상 갔다 온 애들이예
　　　　요. 소름 돋죠?
선생님 (한심하다는 표정으로 바라보면서) 나도 수업하기
　　　　싫은데 옥상이나 갔다 와야겠다 쓸 데 없는 소리 말
　　　　고 교실 올라가라.
— 민한솔은 웃으면서 뒤돌아 교무실을 나선다.(수업하는 모습을 복
도에서 찍는다.) 민한솔과 반 친구들은 평소처럼 오전 수업을 하고
점심시간이 된다.

#16 교실 / (점심)

— 화장실을 다녀온 민한솔은 어느 한 곳을 보고 놀란 표정을 짓는
다. 그곳에는 오지 못한다고 했던 오지은과 박윤지가 앉아 있다.

민한솔 뭐냐? 니네 감기라면서 괜찮냐?
오지은, 박윤지(귀신) 0교시 수업 싫어서 엄마한테 아프다고
　　　　연기하고 수업 안 왔다.
민한솔 와, 니네 나만 빼고 실망이다.
오지은, 박윤지(귀신) 니 연기 못 하잖아. 배드민턴 내기 가자.
민한솔 내가 제일 잘 치니깐 니네 둘이 팀하고 아이스크림
　　　　콜?
오지은, 박윤지(귀신) 체육관 가자.

#17 체육관 / (점심)

― 체육관에서 운동을 하고 있던 학생들은 점심 먹으러 가자며 나간다.

민한솔 우리 경기를 위해 모두가 자리를 비워주네.

오지은, 박윤지(귀신) (둘이 나란히 팔짱을 낀 채 한심하다는 듯이) 헛소리 말고 배드민턴 채랑 공이랑 들고와라.

민한솔 오늘 되게 예민하네. 알겠다.

― 그때 민한솔 주머니에서 핸드폰이 떨어지고 핸드폰이 반짝거리며 카톡이 온다.

(카톡 화면)

오지은 사진

박윤지 사진

오지은 집에서 쉬니깐 완전 좋다.

박윤지 인정! 민한솔 뭐 하냐?

오지은 똥 싸냐?

― 민한솔은 핸드폰이 떨어졌다는 사실을 알지 못한 채 오지은(귀신)과 박윤지(귀신)가 있는 쪽으로 돌아본다. 그러나 뒤에는 아무도 없고 체육관에는 민한솔 뿐이였다. 그때 체육관에 불이 하나씩 꺼진다.

화면이 체육관 전체의 모습을 보여주면서 민한솔의 비명소리가 들린다.

같은 시간 학교 옥상

#18 옥상

— 한재연은 체육관 쪽으로 바라보다가 손에 있던 깨진 거울을 들고 자신의 얼굴을 바라본다.

[화면이 어두워진다]

#19 슈퍼마켓 앞

— 나미정 가방에서 거울이 떨어지고 거울이 깨진다. [거울은 이소린이 들고 있던 거울과 동일하다.]

나미정　(놀란듯이) 내 가방에서 떨어졌는데? 나는 가방에 거울을 안 들고 다니는데 ..

— 그때 나미정 가방 안에서 핸드폰이 울린다

나미정　네? 선린병원이요? 저희 한솔이가요??

— 나미정이 급하게 뛰어간다

#20 학교 옥상

— 한재연이 온몸을 떨며 움츠리며 앉아 중얼거린다.

한재연　미정아, 어딨어? 나 너 기다리고 있어. 빨리와. 미정아…. (갑자기 웃으며 점점 크게 이름을 외친다.) 나미정, 나미정, 나미정! 너 때문이야. 내가 너만 불행하면 된다 했는데 일을 왜 이렇게 만들어 너 때문에 니 딸이 이렇게 된 거야. 너가 그때 날 도로 쪽으로 밀지만 않았어도 난 행복했을 거야. 내가 너만 불행해야 한다고 했잖아! 너 때문에 예뻤던 내 얼굴이 이렇게 되고 더 이상 아무한테도 보이지 않아. 왜 내가 불행해? 너가 불행해야 해!! 넌 내 시녀였잖아. 빨리 와서 내 시중들어야지.

― 화면은 학교 전체를 찍는다. 한재연의 목소리만 들린다.

한재연 (차분한 목소리로) 미정아 빨리 와. 기다리고 있을게…

게임 밖에서 놀자

이유진

등장인물: 용호, 엄마, 하룡 (어린이 지킴이), 용호의 반 친구들
어린 시절 용호와 친구들

#1 **용호의 방**

— 여느 때와 다름없이 컴퓨터 앞에서 땀을 흘리는 용호를 보며 엄마가 한숨을 쉰다.

엄마 (세상이 다 꺼질 듯이) 하아… 아들아, 컴퓨터 말
　　　고 다른 친구랑 놀 생각은 없니?

용호 (천진난만하게) 에이, 저 친구 많아요. 드래비, 쿨런,
　　　쵸피 등등 애네 말고도 많은데 보실래요?

엄마 (어이없는 표정으로) 게임 캐릭터를 말하는 게 아니잖

니. 진짜 현실에서 친구 말이야.

용호　그런 게 필요해요? 어차피 학교에서 잠시 보고 말 애
　　　들인데.

엄마　(이마에 손을 갖다 대며) 맙소사다. 맙소사야. 게임이
애를 다 망쳐놨네.

용호　(자랑스럽다는 듯이) 걱정 마세요. 엄마! 저 온라인 친
　　　구는 천 명이 넘어요.

엄마　(체념한 듯이) 됐다. 됐어. 네 맘대로 하셔요.

― 밤 11시까지만 컴퓨터를 하기로 엄마와 약속한 용호는 약속을
깨고 계속 게임을 한다. 그러던 중 갑자기 방문이 끼익 소리를 내며
열린다.

#2 하룡의 방(늦은 밤)

용호　어오… 음, 어, 엄마, 그게요, 제가 약속을 깨려던 게
　　　아니고 시계가 고장이 나서… 그니까…

― 용호가 당황한 채 뒤돌아보니 해마를 닮은 작은 생명체가 멀뚱히
서 있다.

용호　아, 뭐야. 엄마가 아니었네. 근데 너 뭐야? 외계인인
　　　가?

하룡　외계인보다 더 멋진 생명체야! 무려 용이라고.

용호　헐, 말을 하네. (볼을 꼬집으며) 아프다, 그럼 꿈이 아
　　　니란 거잖아. 용은 전설 속에나 있는 거 아냐?

하룡 댓츠 노노, 난 저기 하늘 위에서 잠시 내려왔어. 해야
     할 일이 있거든.

용호 (컴퓨터 쪽으로 되돌며) 아, 그래. 볼일 봐.

하룡 야! 내가 무슨 일 하러 왔는지는 안 물어봐?

용호 (성가신 말투로) 내 알 바는 아니라고 생각하지만 일
     단 말해 봐.

하룡 너 상당히 까칠한 애구나. 너의 그런 안 좋은 면들을
     바로 잡아 주려고 왔어.

— 하룡은 큰 구슬을 방바닥에 둔 뒤, 재빠르게 용호의 손목을 끈으
로 묶고는 주문을 외운다. 그리고 하룡은 용호를 끌고 구슬 속 세계
로 들어간다.

#3 구슬 속 세계

용호 (어지러움을 호소하며) 으으, 여기 어디야?

하룡 (두리번거리며) 찾았다!

용호 (하룡이 보는 방향으로 고개를 돌리며) 응? 어릴 때 나
     잖아?

— 어릴 적 용호는 친구들과 술래잡기와 얼음땡 등의 게임을 하며
신나게 놀고 있다.

하룡 (용호를 바라보며) 쟤네들 보니까 뭐 느껴지는 거 없
     어?

용호 (고개를 갸우뚱하며) 뭘 느껴야 돼?

— 하롱은 용호를 번쩍 들어 어린 용호를 향해 던진다. 그러자 용호는 어린 시절의 몸속에 들어간다.

#4 용호의 어린 시절 몸속

어린 용호와 친구들 안 내면 술래. 가위바위보!

친구 1 아, 또 내가 술래야!

친구 2 (웃으며) 그것도 재주야. 좋은 거야, 좋은 거.

— 어린 시절의 용호와 친구들은 해가 질 때까지 땀에 흠뻑 젖은 채 뛰어 논다.

용호 (어린 시절 몸 안에서) 내가 컴퓨터 앞에서 흘리는 땀이랑 차원이 다르네. 되게 개운하다.

— 하롱은 용호를 어린 시절의 용호의 몸에서 꺼내고, 같이 구슬 속에서 나온다.

#5 용호의 방

하롱 너 몇 살이지?

용호 12살

하롱 맞아, 너 겨우 12살이야. 12살이면 한창 클 나이야. 그치? 계속 컴퓨터 앞에서 현실 속에 없는 것들만을 바라보며 구부정하게 앉아 있으면 키도 안 크고 살만 뒤룩뒤룩 찔 거야 그렇게 되고 싶어?

용호 아니… 고쳐야 겠어. 밖에서 뛰어 노는 게 얼마나 재

믿는 건지 잊고 있었어. 그때가 그리워.

하룡 맞아. 게임 속에서 축구하는 것보다 현실에서 축구하
      는 게 더 재밌고 개운해. 이제 깨달았으니까 내일부
      터는 게임 밖에서 놀아야 된다? 그럼 잘 자.

— 창가로 간 하룡은 눈 깜짝할 새 사라지고 용호는 순식간에 잠이
든다. 다음날, 햇살이 밝은 아침에 용호는 잠에서 깬다.

#6 다음날 아침, 용호의 방

용호 (기지개를 켜며) 아, 개운하다. 응? 내가 왜 바닥에
      서 잤지?

#7 등굣길

— 용호는 가벼운 몸으로 등교를 한다. 등굣길에 보이는 같은 반 친
구들을 향해 평소 하지 않던 인사를 건넨다.

용호 (목소리를 가다듬고) 안녕?

반 친구들 (당황하며) 응? 어어, 안녕.

 (서로 속삭거리며) 무슨 좋은 일 있나? 웬일로 인사를…

#8 점심시간

— 점심시간이 되자 종일 의문스러워 하던 친구들을 향해 용호가 말
을 건다.

용호 얘들아, 날도 좋은데 간만에 축구 같이 할래?

반 친구들 (한 치의 망설임도 없이) 콜!

— 언제 어색했냐는 듯이 용호와 친구들은 재밌게 뛰어논다. 어젯 밤 스르륵 사라졌던 하룡은 하늘 위에서 흐뭇해하며 용호의 모습을 바라본다. 학교를 마친 용호는 땀에 흠뻑 젖은 채 집으로 돌아와 씻은 뒤 잠에 든다.

#9 용호의 방

엄마 (화들짝 놀라며) 요, 용호야? 용호야? 얘가 왜 이 시간
　　　에 곤히 자고 있대? 컴퓨터가 고장 났나? 아닌데…

— 의문이 가득한 표정을 한 엄마를 남겨두고 막이 내린다.

수필

저녁 하늘_ 김연주

기억_ 이연주

위로의 힘_ 천예지

순간을 담을 카메라_ 최인정

모두가 함께_ 한지원

저녁 하늘

김연주

해가 저물어가고 있었다. 구름한 점 없는 노란 빛의 하늘 속에 다양한 국적의 외국인, 전통 아랍 의상을 입은 아랍인, 공연을 하느라 바쁜 외국인 노동자들이 모여 하나의 풍경을 이루어내고 있었다. 가득한 더운 공기와 붐비는 사람들 속에 한 사막 언덕 위에 자리 잡은 우리는 저물어가는 해를 마냥 바라보기만 하였다. 평소의, 특히 모녀간의 여행 중에 이런 침묵을 찾아내기는 어려웠다.

꽤나 긴 침묵이 지나가고 서로의 타이밍을 어떻게 알았는지 동시에 자동적으로 일어나며 서로를 보고 웃으면서 그 언덕을 내려왔다. 그때 즈음 밤이 어두워졌고 사람들이 저녁을 찾아다닐 때였다. 그렇게 평소처럼 웃으며 저녁을 찾으러 돌아다녔다.

먼저 여기서 장소는 두바이 사막이다. 내가 느낀 두바이란 나라는 굉장히 이질적인 나라였다. 내국인과 외국인 노동자, 다양한 국적의 외국인, 각 이슬람교를 바라보는 시선 등 굉장히 이질적인 면이 강하였다. 그 느낌을 받았기 때문에 엄마와 나 사이에는 묘한 동질감이 강하게 생겼다. 그렇게 때문에 사막에서 서로의 생각의 시간을 지켜주었던 것 아닐까. 항상 표현해야만 했는데 이제 '다 알지' 라는 마음이 들어서 아니었나 싶다.

그 사막에서의 순간에 바라본 엄마의 표정은 상당히 낯설었다. 그리고 복잡해 보여 미안했다. 엄마의 인생에서 가진 엉킨 실타래와 같은 것을 함께 나누고 풀어주지 못 해왔는것 같다는 생각이 문득 들었기 때문이다. 상당히 오그라들지만 그러하였다. 그냥 그랬다. 그러한 순간을 한 단어로 설명하자면 '환상' 이었다. 생생하면서도 꿈만 같으며, 다시는 똑같은 장소에 있고, 같은 느낌을 못 느낄 것 같아 환상적이었다. 여전히 그때의 기억은 시험 3일전, 토론 대회 하루 전날 밤 등 불안하거나 긴장되는 시간이 다가오면 머릿속에서 뭉게뭉게 피어올라 나의 마음을 안정시켜 주곤 한다. 그리고 엄마의 표정이 묘해 보이면 손을 잡아보게끔 한다.

'환상' 과도 같았던 두바이 여행은 다양한 의미를 가지고 있다. 먼저, 아무것도 모른 체 홈쇼핑만 보고 떠난 두바이

여행, 그중 두바이 사막에서의 일들은 '행복'에 대해 넌지시 알려줬다. '낭만'의 의미를 생각해보게 하고 그것이 가져오는 행복이 어떤 감정인지에 대해 느낄 수 있게 해줬다. 좋았다. 생각해보게 것이 좋았고, 그 느낌이 좋았다. 기분도 좋았다. 그리고 중학교 3학년 때 갔던 여행이기에 그때는 이 여행이 마지막 여행으로 생각하고 떠났다. 고등학교 올라와보니 그렇지 만은 않더라. 어쨌든 마지막이라 생각하고 갔기에 많은 것에 빠져서 느낄수 있었다.

이슬람의 문화, 음식, 놀이, 그리고 도시에 많이 생각할 수 있었다. 접해 보지 못하고 편견이 많았던 곳을 직접 눈으로 보고 융화되어 봄으로써 이해하고, 비판적으로 바라볼 수 있었다. 마지막으로, 나와 함께 떠났던 엄마에 대해 많은 것을 알 수 있는 시간이었다. 자유여행 중 일어난 사고에 대해 아무렇지 않게 대처하는 행동을 보고, 사막 위에서 복잡한 표정을 보며 솔직한 사람을 만날 수 있었다.

늘 두바이의 하늘을 한 번 더 보고 싶다는 생각이 든다. 그리고 오래도록 엄마 딸이고 싶은 생각이 든다. 그렇기에 나는 되도록 지구상에 오래도록 살고 싶다. 이러한 것들을 오래도록 누리고 싶기 때문이다. 그 '오래도록' 동안 살 나에게 내가 하고 싶은 말은 굉장히 많다. 그 중 가장하고 싶은 말은 누구보다도 우유부단하고 소심한 내가 진정 바라고자 했던 일은 적극적으로 이루어 냈으면 좋겠다. 내가 바래오는 인생의 의미와 가깝게 살았으면 좋겠다. 그 인생의 의미 중에는 아마 이번 여행에서 느낀 여행과 낭만의 추구가 있을 것이다. 물론 항상 그것이 인생의 우선 순위가 될 수는 없겠지만 굳이 그럴 필요가 없는 경우에서까지 미련하게 나머지 것들을 애써 잡고 있지 않았으면 좋겠다. 무엇이 우선순위인지 그때에 잘 판단하길 바란다. 그리고 나의 가장 큰 개성은 나만의 리듬이라 생각한다.

열정을 가지고 매사에 최선을 다한다는 명언 같은 문구가 무조건 적으로 옳으며 지향해야 할 태도는 아니라고 생각한다. 달려갈 땐 달려가고, 멈춰설 땐 멈춰서는 하나의 지혜가 나의 인생에 존재했으면 좋겠다. 그렇게 곡선있는 인생을 살았으면 좋겠다.

그렇게 리듬에 따라 살아간다면, 부담스럽지 않게, 재미있게 살 수 있을 것이다. 그렇게, 그 생각을 따라가다 보니 지금은 행복하다. 멈추고 싶을 땐 천천히 가면서, 좋은지 슬픈지 많이 보면서 사람들 만나 이야기도 하면서 그렇게 천천히 어른이 되어가고 싶다.

기억

이연주

　오늘 있었던 즐거운 일, 내가 오늘 느꼈던 감정들을 모두 모두 기억할 순 없다. 하루하루 있었던 일을 그냥 잊어버리기엔 아쉽지 않는가. 그래서 사람들은 일기를 쓰기도 하고 메모를 하기도 하고 그냥 머릿속에 그 날을 생각하면 소중했던 순간들을 기억하기도 한다. 이렇듯 사람마다 기억을 저장하는 방법은 다르다. 그냥 지나치기엔 아쉬운 순간들을 저장하는 것은 소중한 일 이라고 생각한다. 나만의 방법으로 기억을 하는 것도 참 좋다. 나는 향기와 노래에 기억을 저장한다.

　'좋아하는 향이 뭐야?', '내가 좋아하는 냄새 난다', '나는 이 향을 별로 안좋아하는데' 알게 모르게 많이 하는 말이다. 맛있는 냄새가 나는 음식이 더 맛있게 느껴지고, 좋은 향이 나는 사람을 더 좋게 기억하기도 한다. 이렇듯 우리는 향기에 의해 알게 모르게 영향을 참 많이 받는다.

같은 계절이라도 날씨가 비슷하더라도 그날만의 향이 있다. 봄의 향이 있고, 여름의 향이 있고, 가을의 향이 있고, 겨울의 향이 있다. 흐린 날의 향이 있고, 비 오는 날의 향이 있고, 맑은 날의 향이 있다. 각각의 날마다 모두 향이 다르다. '향'이라는 상자 안에 기억을 차곡차곡 넣는 것 같다. 그래서 그 날과 비슷한 향이 나는 날에는 내가 겪었던 날의 느낌, 같이 있던 사람이 모두 떠오른다. 친구들이 선물해준 로션이나 향수 바디미스트를 뿌리고 다니는 날에는 그 친구들이 생각 나기도고 하고 그 선물을 받은 날이 생각난다.

비누향 바디 미스트를 쓰는 날이면 1년 전 가을 단풍을 친구들과 구경 가던 날이 생각난다. 가을 냄새가 완전 많이 나는 날이었는데도 비누 향만 맡으면 그날의 기억이 떠오른다. 단풍 구경을 하고 맛있는 걸 먹으로 가고 집까지 걸어서 거의 2시간 가량 걸려서 왔던 기억이.

자몽 향을 맡으면 11월에서 12월 말이 생각난다. 시험도 모두 끝나고 고등학교 원서도 모두 넣고 친구들과 마지막으로 가장 신나게 교실에서 놀았던 생각이 난다. 그때 고등학교 고민도 많이 하고 이렇게 넣는 게 맞을까 8지망까지 밀리면 어떡하지, 공부는 어떡하지 하며 친구들이랑 선생들과 고민하던 기억이 떠오른다. 차가운 겨울 냄새도 나고, 코트랑 목도리로 몸을 돌돌말고 놀러 다닌 것, 차가운 겨울 아침 공기에 등교하고, 졸업식 날 펑펑 운 것까지도 모두 저 향 안에 저장된 것 같다.

유자 향을 맡으면 졸업, 입학을 미리 기념하여 다녀온 중국 여행이 생각난다. 그때 내가 쓰던 화장품에서 유자향이 낫기 때문이다. 엄마와 처음 외국으로 여행을 갔었고, 친한 친구네 부모님과 친구와 함께 갔던 여행에서 고등학교 잘 지낼 수 있도록 소원을 빌었었고, 거대한 만리장성도 보고, 화려한 베이징의 야경을 봤던 기억도 생생하게 난다.

벌꿀 향은 중학교 3학년 학기 초를 떠오르게 한다. 학교에서 집까지 오는 길에는 벚나무가 길게 늘어서 있었고, 좋아하던 노래를 들으면서 오던 봄의 느낌이 생생하다. 막 겨울을 지나서 공기의 온도도 이전과 다르게 따뜻하고 포근해진 것 같고, 집까지 신나게 걸어오던 길이 떠오른다.

이런 특정한 향이 아니더라도 계절 하루하루 특유의 향이 진하게 나는 날이 있다. 가을 향이 진하게 나는 날의 기억이 떠오르기도 하고 겨울의 진한 향이 생각나기도 한다. 고등학교에 오고 중학교보다 1시간 일찍 등교하면 공기가 좀 더 가라앉은 느낌인데 그때 계절의 향이 진하게 난다. 시험기간에 피곤하고 아침에 일어나기 힘들지만 현관문을 열고 밖으로 나갔을 때 나는 냄새 덕분에 즐겁게 하루를 시작할 수 있었던 적도 많다.

찬 겨울 향이 나는 날이었다. 고등학교 동기 부여를 받자는 빌미로 서울로 대학 투어를 친구와 함께 갔었다. 새벽 4시부터 포항에서 출발해서 KTX 타고 서울로 갔었다. 5시까지 멘토링을 하고 신촌을 둘러보고 홍대를 구경하고 밤에 다시 포항으로 돌아가는 길에서 고등학교 단톡이 생겼다고 설레 하는 친구와 나중에 원하는 대학을 꼭 갔으면 좋겠다는 말을 하면서 밖을 구경하던 게 생각난다. 그날이 하필 그 해 최고 한파여서 정말 춥긴 했지만, 추웠기 때문에 기억이 더 강렬하게 남을 수 있었던 것 같다.

일기로 기억을 되짚어볼 땐 머릿속으로 상상하는 기분이 든다. 나의 상상력을 이용해서 빈 종이에 그림을 그리듯이 그때의 상황을 재현하고자 애쓴다. 그때 뭐했지 하나하나 생각해 가면서 일들을 짚어 본다. 향으로 기억을 떠올리면 그 향이 몸을 감싸서 그대로 나를 옮기는 느낌이다. 그 당시 상황으로 나를 데려가는 기분이 든다, 냄새가 그날의 장면을 영화 상영하듯 머릿속에 재생시켜 준다.

노래를 들으면서도 기억을 저장할 수 있다. 그렇기 때문에 OST를 들으면 드라마 장면이 떠오르는 것이 아닐까. 좋아하는 가수의 노래, 가사가 예쁜 노래를 들으면 기분이 좋아지지 않는가. 그런 노래들 속에 기억을 넣어 둘 수 있다는 건 참 좋다. 좋아하는 노래를 들을 때마다 그때 그 느낌을 떠올릴 수 있으니까.

영화나 드라마를 보면 OST들이 참 많이 나온다. 주인공이나 등장인물들이 나올 때마다 노래가 나오는데 내가 노래를 틀고 무슨 액션을 취하면 마치 내가 영화 속 주인공이 된 듯한 기분이 들었다. 주인공이 된 기분이 좋아서 요리할 때나 산책할 때처럼 내가 무언가를 할 때마다 노래를 틀어놓게 되었다. 그렇게 노래를 평소에 내가 하는 행동에 자주 틀어놓고 듣다보니 그 노래를 들을 때마다 생각나는 순간들이 많이 생겼다.

노래 가사에 집중해서 그와 비슷한 순간이 생각난다기 보다는 내가 그 노래를 들었을 때 떠오르는 느낌과 비슷한 순간들이 그 노래에 저장된다. 나만의 느낌으로 노래를 선곡해서 그 안에 기억을 넣어두는 것이 좋았다.

2016년 여름에 별과 관련된 노래가 나온 적이 있다. 그로 있고 얼마 후에 페르세우스 유성우가 떨어진다는 기사를 보고 엄마와 바닷가로 별똥별을 보러갔었다. 유성우를 기다리면서 계속 노래를 들었었는데, 바다 위 하늘에 둥둥 떠 있는 기분을 들게 해주었다. 그때 별똥별 딱 하나를 봤었는데 지금도 그 노래를 들으면 까만 하늘에 지나가던 별똥별 하나가 선명하게 떠오른다. 들리던 파도 소리도 생각나고 정말 칠흑 같이 까맣던 하늘도 생각난다.

'my turn to cry'라는 노래가 있다. 2015년 겨울이 생각나는 노래다. 좋아하던 드라마도 생각나게 하고 그 겨울의 느낌도 생각이 난다. 학원 마치고 돌아올 때마다 들었는데, 다가오는 크리스마스에 설레 하고 좋은 사람을 생각하면서 행복했던 순간을 생생하게 떠올리게 해주는 노래다.

'fine'을 들으면 고등학교 입학 후 학기 초가 생각난다. 처음 모의고사도 쳐보고, 야자는 적응되지 않아서 너무너무 힘들고, 학교에서 저녁 먹는 것도 신기했을 때, 야자 끝나고 집에 가는 버스 안에서 들었던 노래다. 새로 만난 친구들이고 좋고 낯설지만, 학교생활이 적응 안 되고 힘들었을 때 들었던 노랜데, 지금 이 노래를 들으면 당시 설레고 좋았던 기억들이 더 많이 떠오른다. 힘들었지만 밤에 집에 가면서 보는 밤하늘이 너무너무 이뻤고, 야자 쉬는 시간에 옥상에 누워서 보던 달도 기억난다.

'별빛이 피면'이라는 노래를 들으면 지금 이 글을 쓰는 순간이 생각 날 것 같다. 새벽 2시가 넘어 가는 시간이고 무슨 글을 쓸지 계속 생각하면서 썼다 지웠다 하고 생각도 잘 나지 않아서 힘들지 않아서 힘들지만, 부드러운 느낌의 가사가 지금을 좋게 만들어 주는 것같다. 이렇게 늦게 까지 깨어있는 것도 오랜만이고, 남들이 자는 시간에 내 생각을 글로 표현하고 있다는 느낌도 좋다.

비와 관련 된 노래를 들으면서 비가 오는 날에 느낌을 더 심화시키는 것도 좋고, 크리스마스 시즌에 캐롤을 들으면서 한층 더 크리스마스 분위기를 내는 것도 즐거운 일이다. 노

래를 통해서 평범하게 보낼 수 있는 일상생활들을 예쁜 가
사가 담긴 노랫말 하나하나에 눌러 담을 수 있다. 노래가 가
진 힘이 참 대단한 것 같다. 자칫하면 평범 할 수 있는 순간
들도 노래의 멜로디나 가사로 인해 그 순간을 더욱 특별하
게 만들어 준다.

　향기와 노래로 그때를 기억할 수 있다는 것이 약간 신기
할 수도 있지만 나는 좋은 것 같다. 나도 모르게 향기가 날
때 기억이 나에게로 밀려오듯이 다가오는 기분이 좋고, 오
랜만에 노래를 틀었을 때 그때의 좋은 기억이 아직도 생생
히 나는 것이 좋다. 앨범들처럼 향기나 노래 속에 하나하
나 넣는 기분이다. 이 향기 트랙에는 이 기억을 넣고 저 향
기 트랙에는 저 기억을 넣는다. 나만의 기억 저장소를 만
드는 것이다.

위로의 힘

천예지

고등학교 입학 후, 나는 그전에는 한 번도 해보지 않았고 하고 싶지도 않았던 '살고 싶지 않다.' 라는 생각을 해본 적이 있다. 그 당시 있었던 사소한 여러 문제 상황들이 겹쳐 그동안 속에 담아 두었던 것들이 한꺼번에 폭발해 그랬던 것 같다. 평소에도 자기 전에 여러 가지 생각을 하고 자던 터라 그날도 자기 위해 침대에 누워 그날 하루 겪었던 일들을 생각하고 있었는데 그날따라 가슴이 먹먹해지는 생각이 많이 나 눈물이 흘렀다. 당시 약 한 달 정도 학교에 다녔을 때였는데 먼저 그날 하루 있었던 친구와 나 사이의 갈등, 가족과의 갈등, 공부에 대한 스트레스 등을 생각했었다.

그런데 점점 한 달 동안 있었던 모든 일이 생각나기 시작했다. 학교를 마치고 집에 도착했을 때 나를 기다리고 있는 사람 없이 모두가 잠을 자고 있었던 것과 내 이야기를 아무도 들어주지 않는 것, 나만 모르는 추억들이 가족들 사이에 생겨난 것, 학교생활에 대한 스트레스 등 한 달 간 매우 많은 것이 바뀌었고, 많은 일이 일어났다.

이러한 일들이 생각나 혼자 숨죽여 울고 있으니 내가 울고 있다는 것을 알아챈 엄마가 내가 누워있던 침대로 다가와 나의 손을 잡고 울음을 달래주었고 하소연과 같은 나의 이야기를 들어주며 위로해주었다. 그렇게 울고 이야기하니 혼자 마음속에 담아두고 아파했을 때 생긴 상처들이 치유되는 듯 했다.

나에게 상처가 되었던 사건들은 입학 후 꾸준히 쌓여가고 있었다. 일단 중학교 때와 다른 생활 패턴과 성적, 시험에 대한 스트레스가 커 누군가에게 털어 놓고 싶었지만, 가족들은 모두 바빴기 때문에 가족들에게는 이야기할 수 없었고 친한 친구에게 이야기하려고 해보았지만 학교와 학원 시간 때문에 만날 수 없었다. 그로 인해 누군가에게 나의 이야기를 말하며 스트레스를 해소하는 나에게 점차적으로 스트레스가 쌓여만 갔다.

학교를 마치고 집에 도착하면 가족 모두가 자고 있고 나를 반겨주는 사람이 없어 '아무도 나를 찾지 않는구나. 나는 필요하지 않아.' 라며 극단적으로 생각하기도 했다. 또 학교생활에서도 친구 관계, 공부에 대해 고민거리가 생겨 스트레스는 사라지지 못하고 늘어만 갔다.

　그러나 이 사건들 때문에 발생한 내가 울게 된 일로 가족들과 진솔한 대화를 하게 되었고, 갈등을 해결하고 그동안 느꼈던 소외감도 완화시켜보았기 때문에 미래에 또다시 갈등이 생긴다면 해결할 수 있는 방안을 찾게 되었다. 그리고 가족들과 더욱 돈독해진 듯 했다. 그렇게 현재 서로에게 관심을 가지고 존중하고 배려하는 삶을 살아가고 있어 상대방에게 내가 느낀 감정을 잘 표현하는 방법도 알게 되었고 무엇보다 자존감이 높아지게 되었다.

　그래서 지금 그때를 떠올리면 '내가 그때 그렇게 울면서 내가 느꼈던 감정을 이야기하지 않았더라면 나는 지금처럼 행복한 삶을 살 수 있었을까?' 라는 의문이 들며 그때의 그 행동은 정말 잘 한 행동이라는 생각이 들기도 하지만 지금 생각해보면 그때 나의 태도에 대해 부끄럽기도 하고 후회스럽기도 하다.

　그렇게라도 이야기하지 않았더라면 집, 학교 등 나에게 편안한 공간, 나의 인생에 도움이 되는 공간이 가시 방석이 되어 버릴 수도 있었으니 잘한 행동이라고 생각하지만 한편으로는 너무 감정적으로 엄마를 대하고 내 생각만 이야기한 것 같아 '엄마의 이야기도 듣고 좀 더 서로에게 맞추었어야 했는데….' 라는 후회도 든다.

　그런데 혹시나 내가 이러한 비슷한 일을 겪게 된다면 나는 그 상대방이나 가족, 친구 등 가까운 사람들에게 나의 고민을 털어놓고 조언을 얻거나 서로의 문제점을 파악해 이야기하고 맞춰 나가도록 할 것이다. 혼자서 앓는다고 해결되는 일이 아니기 때문에 그 상대에게나 이야기를 털어놓으면 잘 들어주고 조언을 잘 해줄 것 같은 가까운 사람에게 이야기해 평화롭게 잘 해결해 나가야 한다는 것을 그 일로 인해 깨달았기 때문이다.

그리고 그 일을 통해 나는 나 자신을 대하는 태도에 꽤 커다란 변화가 생겼다고 느낀다. 예를 들어, 원래는 시험 점수가 낮게 나왔을 때 자신을 자책하는 경향이 강했다면 그 일이 발생한 후에는 시험 점수가 낮더라도 '4점짜리 문제를 많이 맞췄어.', '모의고사에서 영어 듣기 문제는 다 맞췄어.' 라며 어떤 부분에서든 잘한 부분을 찾아내 나 자신을 칭찬하고 있다.

이것은 꼭 성적과 관련된 시험, 수행평가와 같은 부분이 아니더라도 일상생활 속에서 찾을 수 있는 사소한 부분을 가지고도 자신을 칭찬할 수 있다. '나는 항상 웃고 있는 모습이 보기 좋은 것 같아.', '나는 남에게 도움을 주려고 노력하는 것 같아.' 와 같이 아무것도 아닌 것 같지만 일상생활에서 중요한 부분을 가지고 칭찬을 할 수 있다는 것이다. 그리고 나를 남들과 비교했던 경우가 종종 있었는데 그 버릇을 고쳐 나 자신을 과소평가하지 않게 되었다.

또한, 나는 나를 바라보는 다른 사람들의 시선, 기대에 대한 나의 태도도 바뀌었다고 느끼고 있다. 예전에는 나를 바라보는 남들의 시선을 굉장히 신경 썼기 때문에 아빠의 기대치를 충족시키기 위해 '시험 성적이 90점 이상은 나와야 해'라고 생각했다든지, '남들은 내가 화내고 짜증내는 모습을 본 적이 없으니 내가 화를 내거나 짜증을 내면 이상하게 볼 것이고 어색해 질 것이야.'라고 생각해 나의 감정을 마음껏 표출해내지 못하였다. 그러나 그 일을 겪은 후 나에 대해 생각을 해 봄으로써 물론 아예 신경을 쓰지 않는 것은 아니지만 '무조건 나를 바라보는 다른 사람들의 시선을 신경 쓸 필요는 없다'라는 결론을 얻게 되었다.

'남이 나를 보고 나를 평가하는 것은 그 사람의 주관적인 입장을 모두가 보편적으로 나를 그렇게 생각하지도 않을뿐더러 나는 내가 다른 사람에게 꼭 필요하고 도움이 되는 사람이라고 생각하기 때문에 나의 시선을 신경 쓰지 않겠어'라고 마음을 다잡았다. 그렇게 생각하니 마음이 한결 가벼워졌고 나를 귀하고 존중받아 마땅한 사람으로 인식해 예전보다 훨씬 더 자존감이 높아지게 되었다. 그리고 다른 사람들도 나와 같은 귀한 존재로 인식해 더 소중하게 대할 수 있게 되었다.

내가 이렇게 힘든 일을 겪었음에도 불구하고 현재 즐겁게 잘 살고 있는 까닭은 가족, 친구 즉, 나를 배려하고 존중해

주고 나에게 도움을 주는 사람들이 있었기 때문인 것 같다. 내가 힘들었던 시기에 가족, 친구들이 없었더라면 나는 그 상황을 이겨내지 못하고 극단적인 상황까지 갔을지도 모른다. 하지만 내 주위에 좋은 사람들이 있어 내 이야기를 들어주고, 내가 힘들어하는 것을 도와주었기 때문에 지금 이렇게 잘 살고 있다고 나는 생각한다.

이런 사람들과의 관계를 지키기 위해 대화를 통해 갈등을 잘 해결해 나가고 오해가 생기지 않고 거리가 멀어지지 않도록 나의 감정을 다른 사람에게 잘 표현하며 살아갈 것이다. 이러한 노력들을 하며 살아가 지난번에 겪었던 일이 잘 해결된 것처럼 앞으로 일어날 일들을 잘 해결해 나갈 것이다. 그리고 나와 비슷한 어려움을 겪고 있는 사람들 모두 내가 해낸 것처럼 자신만의 해결 방법을 찾아 잘 해결할 것이라고 믿는다. 나는 나와 비슷한 어려움을 겪고 있는 사람들과 나의 밝은 앞날을 응원한다.

순간을 담을 카메라

최인정

2017년 2학기 중간고사가 끝나고 난 후 타이밍 끝내주게 찾아 온 황금연휴, 그 기나긴 연휴를 보내기 위해 미리 세워둔 어마어마한 연휴 계획을 실천하기 위해 계획에 필요한 준비물을 하나씩 하나씩 체크하고 있었다. 시험기간이라 읽고 싶어도 미뤄둔 책을 빌리고 일기도 써보겠다며 예쁜 공책도 사고 색연필도 챙기고 다시 시험기간이 찾아온 마냥 가방 한가득 무겁게 짐을 챙겼다. 가방의 무게는 시험기간과 별 다를 바 없었지만 내 마음은 날아갈 듯이 붕 떠있었다. 사실 시험기간과 비교하면 뭘 하든 행복하지 않겠냐만은 황금연휴를 보낼 생각을 하니 나는 행복과 기대에 휩싸인 채 오직 연휴가 오기 만을 기다리고 있었다. 그런데 딱하나 아직 챙기지 못한 준비물이 있었으니, 그것은 바로 일회용 카메라였다.

고등학교에 올라와서는 유난히 하늘을 볼 일이 많았다. 주위에 그다지 높은 건물도 없고 학교 뒤편엔 오직 낮은 산 하나밖에 없는 위치에 있는 우리 학교는 굳이 하늘을 보려고 고개를 쳐들지 않아도 자연스레 탁 트인 하늘을 볼 수 있게 해주었다. 교실의 창문 블라인드를 올리면 바로 하늘을 마주할 수도 있었기에 하늘을 보는 것은 어느새 하루 일과가 되었다.

창문 너머 하늘을 보는 것도 예뻤지만 저녁 먹으러 가는 길에 보는 하늘은 '허억' 하는 소리가 절로 나올만큼 아름다웠다. 그렇게 탁 트인 곳에서 맑은 하늘을 보는 것 만으로도 기분은 절로 좋아지곤 했는데 가을이 오면서 하늘은 더욱 예뻐졌다.

해 지는 노을이 넓은 하늘에 쫘악 깔려 있으니 너무나도 아름다웠다. "지구가 미친 것이 분명해.", "그렇지 않고서야 하늘이 저렇게 예쁠 리가 없지."라고 얘기하는 소리를 들을 정도로 보는 사람마다 감탄하여 쉽사리 눈을 떼지 못할 정도로 아름다운 하늘이었다. 그렇게 아름다운 하늘은 며칠동안이나 계속되었다.

어느 날은 평소보다 조금 더 일찍 밥을 먹기 위해 급식실로 가고 있었는데 세상에나, 나는 태어나서 그렇게 예쁜 하늘은 처음 봤다. 솜사탕을 손으로 주욱 잡아뜯으면 뜯긴 부분이 얇고 부슬하게 떨어지는데 그때 구름이 딱 그 모양이었다. 뜯어진 솜사탕의 끝 부분처럼 얇아서 구름 뒤편에는 노을이 다 비춰 보이고 빨간색 주황색 노란색이 한 가지 색처럼 잘 섞인 하늘이었다.

화악- 풍경이 내 가슴속에 들어온 후엔 사진을 꼭 남기겠다고 결심했다. 저녁도 부랴부랴 빨리 먹고 교무실에 올라가서 선생님께 폰을 받아 올 생각이었는데, 허무하게도 급식을 먹고 나오는 길에, 이미 해는 진 지 오래고 예쁜 무지개 솜사탕 하늘은 사라지고 까만 밤하늘 뿐이었다.

그 순간, 나는 결심했다. 기필코 카메라를 사야겠다고, 잠바 주머니에 카메라를 넣고 다니면서 오늘처럼 아쉬운 일이 다시는 일어나질 않기를 바라며 아름다운 순간들을 꼭 카메라로 남길 것을 다짐했었다.

그렇게 굳게 결심을 한 탓에 카메라를 사기 위해 여기 저기 검색을 해보았다. 디지털 카메라나 폴라로이드 카메라는 너무 비싸다는 것을 알고 있었기에 카메라를 사고 싶다는 생각을 할 때부터 작은 일회용카메라나 하나 사서 다니다가 2018년이 되었을 때 필름을 인화할 생각이었다. 일회용카메라를 사고 싶다고 생각만 했지 한 번도 일회용 카메라를 검색해 보지 않았던 터라 일회용카메라의 종류가 이렇게나 많을 줄은 상상도 못했다.

안타깝게도 이런 인터넷 쇼핑에 있어선 심각한 결정장애

가 있는 탓에 항상 주문을 실패하곤 했던 나 이기에 일회용 카메라를 고르는 일이란 머리아픈 일이었다. 행복한 연휴를 꿈꾸던 터라 머리아픈 고민은 연휴기간동안 찬찬히 생각해 보기로 하며 그렇게 일회용카메라 구입계획은 내 머릿속 한 구석으로 미뤄두었다.

며칠 뒤, 그렇게 나의 황금연휴는 순식간에 지나갔다. 행복한 연휴를 반짝! 보냈다. 연휴가 끝나고 학교에 온 뒤에는 카메라에 대한 생각이 들지 않았다. 아예 그 결심을 잊은 듯했다. 하지만 얼마가지 않아 나는 또다시 예쁜 노을을 보았고 그때 다시 카메라가 생각이 났다.

무지개 솜사탕 구름이었던 그날, 다음번 예쁜 하늘을 보면 꼭 놓치지 않고 카메라로 찍을 거라 굳게 다짐하고 일회용 카메라 구입목표를 굳게 세운 것이었는데, 또 카메라가 없어 아름다운 순간을 놓치게 되어 굉장히 아쉬웠다.

그래서 그날은 정말, 기필코 이런일이 되풀이되지 않길 바라며 학교 마치고 집에 가자마자 일회용카메라 사용 후기를 죄다 읽어보고 가장 마음에 드는 카메라를 하나 주문하였다.

드디어 주문을 완료하고 카메라가 오기만을 기다리던 중에 카메라로 어떤 사진을 찍을지, 어떤 순간들에 카메라가 없어서 속상했는지를 가만 떠올려 보았다. 그런데, 그 순간들을 떠올려 보다 보니 조금 이상했다.

나는 분명, 아름다운 순간을 잊지 않고 기억하기 위해 카메라를 사려고 다짐했었다. 사진으로 남겨야만 그 순간을 가장 생생하고 오래 남길 수 있지 않을까 생각했기 때문이다. 하지만 내가 카메라로 꼭 남겼으면 하는 아쉬움이 남는 장면을 떠올리자, 그때의 상황, 소리, 심지어 그때의 향기마저 생생하게 기억이 났다. 그 순간의 나는 카메라가 없었기 때문에 아쉬움이 남아 손가락으로 카메라를 만들고 진짜 카메라 대신 내 눈으로 장면을 기억하겠다고 열심히 두 눈을 깜박이며 눈으로 사진을 찍어댔었다.

달이 너무 예뻤던 날, 창문에 쪼르르 붙어 서서 달을 구경하고 있었던 친구들의 뒷모습과, 바람에 불어오던 향긋한 냄새와 바람이 불때마다 들려오는 쏴아아-하는 초록빛 풀잎 소리가 너무 좋아 방충망도 열어가며 바람을 맞던 때와 우리 반 친구들끼리 단체 토론의 시간을 보내다 밥먹다 말고 감동의 눈물을 흘렸던 이상하게 웃긴 순간 등… 너무나도 생생하게 생각이 났다.

사진을 못 찍는다고 생각한 탓에 조금 더 열심히 그때의 상황을 관찰하고 조금이라도 눈에 더 담아두고 추억하기 위해 자리를 뜨기 전에도 눈으로 사진을 찍어 두었다.

물론 사진을 남겨두면 더 오래 기억할 수 있을 지도 모른다.

매년마다 있었던 일을 생생하게 기억하기란 쉽지 않은 일이니깐 사진으로 장면을 남겨두면 기억을 불러오기 훨씬 수월해질 것이다. 하지만, 카메라가 없어서 더 많이 찍었고, 더 많이 느꼈다. 그래서 더 많이 기억에 남았고 지금, 글을 쓰는 이 순간에도 생생하게 그 장면들을 떠올릴 수 있었다.

이런 생각이 드니 카메라가 없는 게 더 나을지도 모른다는 생각이 들었으나 카메라를 내가 갖고 다닌다고 해서 아름다운 순간이 찾아 왔을 때 카메라를 먼저 찾지 않는다면, 그 순간을 충분히 눈으로, 마음으로, 느끼고 담은 다음 마지막으로 순간의 증거를 카메라로 남긴다면, 나의 소중한 추억을 가장 완벽하게 담을 수 있을 것 같았다. 그리하여 이 결심이 변하지 않기를 바라면서 카메라 주문을 취소하지 않았고, 나는 오늘 카메라를 배송 받았다.

모두가 함께

한지원

처음 봉사활동으로 요양원에 갔다. 내가 가기 전 먼저 가본 친구가 할 일이 많지 않다고 해서 걱정 없이 집을 나섰다. 생각보다 깊숙이 있던 요양원에 조금 놀랐다. 겁을 먹은 것이라고 해도 되겠다. 요즘 요양원 혹은 병원에서 사고가 종종 일어난다는 뉴스를 봤기 때문이다.

들어가 봉사활동 신청서를 냈다. 4시간. 시간은 4시간이었지만 몇 시간만 하고 휴식을 한다는 친구의 말을 믿었다.

엘리베이터를 타고 올라가니 텔레비전을 보고 계시던 할머니들이 있었다. 봉사활동을 하러 오는 사람들이 적지 않은지 친구와 나를 쓰윽 보고 텔레비전에 다시 시선을 고정하셨다. 요양보호자님께 가니 한 사람은 청소기를 밀고, 한 사람은 대걸레를 밀라고 하셨다. 그래서 나는 청소기를 끌고 가 밀기 시작했다. 아무래도 너무 추워도 안 되고 너무 더워도 안 되기 때문에 무엇도 틀지 않은 상태에서 해서 땀이 나기 시작했다. 약 일곱 개 병실의 청소를 했는데 불편했던 점은 콘센트가 각 침대에 구비되어 있지 않아서 긴 콘센트 줄을 가지고 다니며 콘센트 찾는 데에 열중한 것 같다.

청소를 하며 둘러본 요양원의 시설은 좋기도 했지만 불편한 점도 많았다. 아마 봉사활동으로 오는 사람들이 있기에 거의 모든 노인 분들은 로비 소파에서 텔레비전을 보고 있었는데 잘 움직일 수 없어서 시끄러운 청소기 소리를 듣고 있어야 했던 분들께 죄송했다. 그래서 최대한 빨리 끝내려고 하였다.

그 후에 미용사분들이 오셔서 머리를 잘라주셨는데 머리를 안 자르려고 하는 할머니께서 요양보호자님의 손을 꼭 잡으시거나 깨물려고 하거나 발로 차려고 하시는 것을 봤을 때 정말 놀랐다. 하지만 정기적으로 머리가 길 때쯤 오시는 것이어서 몇 분이서 할머니 한 분을 잡고 머리를 잘랐다. 하지만 다른 할머니 분들은 저번에 오신 미용사분들보다 더 잘 자른다며 기분 좋으신 표정을 하며 안심하고 자르셨다. 이발도 소파 뒤의 로비에서 했기 때문에 머리카락이 계속해서 날리고 할머니 분들의 양말에 머리카락이 들어가 방안에도 날릴 수 있어서 수시로 돌아가면서 쓸었다. 많이 쓸어서

인지 물집이 날 것 같이 빨게 졌다.

다양한 활동이 로비라는 한 공간에서만 진행되는 것은 좀 걱정이 되었다. 움직임이 불편하시고 또 그것이 제일 낫긴 하지만, 그때와 같이 머리 자르기를 진행할 때 아무리 쓸고 청소기를 민다고 해도 먼지나 이물질이 완전히 제거되진 않을 것이라고 생각했기 때문이다.

그 후에는 점심시간이 시작되었다. 한 분씩 로비로 나오게 도와드리고 휠체어에 다 앉으신 후에 앞에 턱받이를 메어드렸다. 아무래도 처음 보는 학생이 건네주니 쓰윽하고 세차게 가져가시는 분들도 계셨다. 조금 마음이 아팠지만 당연한 것이라고 여겼다. 우리도 그렇지만 모두가 처음 보는 사람을 경계하지 않는가?

로비에 휠체어를 다 타고 투명 판을 올려드리고 고정을 하고 턱받이를 올려드려 매어드리고 또 옆에 양치 도구들을 놔드리고, 급식처럼 급식판에 준비가 되었기 때문에 국을 뜨고 할머니 분들을 도와드렸다. 감사하게도 오늘 일이 힘들었다고 받은 요거트와 초코파이를 들고 집에 왔다.

사실 봉사활동을 하며 느낀 것이 있다.

요양원에 여성분이 정말 많을뿐더러 사회에서 핵가족화 현상이 지속되면서 거동이 힘드신 할머니 분들이 요양원에 오시는 것이 물론 편한 분들도 있겠지만, 또 더욱 많아진 것을 보고 쓸쓸했다.

단정하는 것은 좋은 것이 아니지만 할머니들을 뵈러 온 가족 분들도 계셨는데 그때면 기분이 좋아지시고 정말 표정이 편안해지신 걸 느꼈다.

살아간다는 것은 태어난 시점에서 멀어진다는 것을 뜻하기도 하지만 점점 살아감에 따라 혼자가 되는 것도 의미하는 것 같다. 그 변화들이 정말 힘들 것이, 힘든 것이 분명하다. 하지만 그 사이의 모든 사람들의 마음은 같으니 누가 어떻게 보인다, 어떻다 해서 그 사람이 그 사람의 가치에 비해 낮게 대해지고 또 낮게 보는 것이 없어졌으면 한다.

봉사활동을 가서 많은 것을 배우고 느꼈다. 하지만 이제는 갈 때 어떠한 마음가짐으로 가야 할지 생각 정리가 필요할 것 같다. 누가 나이가 적다, 많다, 몸이 불편하다, 무엇을 잘못 한다고 해서 내 생각, 내 입장으로 그들을 평가하고 대하는 것은 관계에 있어서 모두에게 상처나 피해, 사이를 멀게 할 수 있는 것이라고 생각하였다.

또한 내가 앞으로 무슨 봉사활동을 하던, 누구를 도와주던 동정과 연민이 있어서는 안되겠다는 생각하였다. 그런 것들이 남을 위하는 이타심을 구성하기도 하지만 상대방에게 너무나 큰 부담이 되고 불편이 될 수 있겠다는 생각을 하였다. 내가 상대방을 무시하는 게 될 수도 있다는 것이다.

앞으로도 규칙적으로 가서 도울 예정이다. 돕는 것보다는 지금 우리가 잘 있게, 또 잘 살도록 현재를 선물해주셨으니,

나도 지금 내가 할 수 있는 것을 최대한으로 해야겠다고 생각하였다.

　이것을 남는 시간에 가는 것이라고 생각하고 행하는 것 보다는 내가 시간을 내서 해야 한다고 생각했고 그럴 것이다. 이제 어른이 된다면 대학생이 되어 내가 좋아하는 것, 관심 있는 것에 대해서 배울 것인데 그것을 다른 사람에게 가르쳐주는 활동을 또 하고 싶다.

내가 읽은 책

고독한 싸움이라는 것은 어떤 것일까?_ 권민지

미래 과학에 대한 시사점 제시_ 금지민

나는 자유와 인권을 보장받고 있는가_ 유정우

타인의 삶을 받아들일 수 있는 삶_ 이승아

다양한 관점으로 읽는 책 이야기_ 한지원

고독한 싸움이라는 것은 어떤 것일까?
『노인과 바다』, 헤밍웨이, 민음사, 2012

권민지

헤밍웨이의 작품 『노인과 바다』는 읽기 오래 전부터 알고 있었던 유명한 고전이다. 우연히 인터넷에서 '노인과 바다: 인간의 고독한 싸움' 이라는 제목의 『노인과 바다』 관련 글을 보고 호기심이 생겨 읽게 되었다. 저 제목을 보고 생긴 '이 소설에서 말하는 고독한 싸움이라는 것은 어떤 것일까', '노인과 바다라는 소재를 가지고 인간의 고독한 싸움이라는 것을 어떻게 풀어갈까' 하는 궁금증을 가지고 읽기 시작했다.

『노인과 바다』의 이야기의 절반은 노인 혼자 청새치를 잡기 위해 싸우는 이야기이고, 나머지 절반은 노인이 잡은 청새치를 노리는 상어들과의 싸움을 그리는 이야기이다. 노인은 이틀 밤을 새워가며 청새치를 잡기 위해 애쓰는 한편

홀로 바다에 나가 인간이 아닌 것들을 친구나 동료, 적이라 부르고, 이들에게 말을 걸거나 혼잣말을 한다. 또한 다른 배에 타게 된 '그 아이'를 그리워하기도 한다. 이러한 모습을 통해 이 작품은 치열한 삶을 사는 불굴의 인간상, 그 이면에 존재하는 인간의 나약함과 고독함을 섬세하게 묘사하고 있다.

 이 작품 속에는 '너는 오직 살기 위해서, 그리고 고기를 팔아 음식을 사려고 이 물고기를 죽인 건 아니야. 너는 긍지를 살리기 위해 고기를 죽였어.' 라는 노인의 독백이 있다. 고기와 싸우는 동안 그는 자신의 의지를 시험했고 고기를 죽임으로써, 즉 자신과의 싸움에서도 승리하면서 자신의 긍지를 회복했던 것이다. 그러한 노인의 행동에 그려진 긍지와 자부심, 인내력은 정말 감동적이고 인상 깊게 다가왔다.

 그리고 이야기 전반에서 노인이 혼잣말을 하며 스스로와의 싸움을 하는 것이 드러나 있는데 노인이 자신과의 싸움에서 이기기 위해 정말 쓰디쓴 인내의 과정을 겪는 것이 경이로워 보였다.

 또한, 이 책을 통해서 진로와 관련하여서 깨달은 바가 있다. 사실 진로와 관련하여 어느 정도 목표는 세웠으나, 이제 관건이 되는 것은 그 진로를 위해 공부를 착실하게 해나가는 것이다. 대학 입시를 위해 열심히 공부해야겠다고 항상 다짐하고 있었는데 이 책을 읽고 난 후 관점이 살짝 달라졌다. 물론 대학 입시의 결과가 중요한 것이긴 하지만, 내가 좀 더 의미를 부여하고 초점을 맞추고 싶은 것은 내 스스로에게 떳떳하도록 하는, 나 자신과의 싸움에서 승리하는 그 '과정'이다. 그 과정에서 내 스스로에 대한 긍지와 자부심을 얻을 수 있다면 그것이야말로 진정한 승리이자 인생의 의미를 찾게 되는 것이라고 생각하게 되었다.

헤밍웨이는 이 작품을 통해 인간은 삶이 아무리 비극적이더라도 인간은 결연한 의지와 굳센 확신을 가지고 세상에 맞서 살아가야 한다는 것을 말하고 있고, 나에게 그러한 순수하고 고귀한 정신이 굉장히 와 닿았다. 지금 나에게 주어진 도전 과제들, 그리고 앞으로도 수없이 많이 찾아올 도전들을 대함에 있어 이 책의 노인과 같이 굳센 의지와 인내력, 그리고 행동에 대한 긍지와 자부심을 가지는 것이 중요함을 깨달았다. 지금의 나에게 있어 가장 큰 도전 과제는 대학입시라고 해도 과언이 아닐 것이다. 이 도전을 책의 노인처럼 굳센 의지와 인내력을 갖고 끝까지 최선을 다하여 성공해낼 것을 다짐했다.

미래 과학에 대한 시사점 제시
『전갈의 아이』, 낸시 파머, 비룡소, 2004

금지민

　나는 평소 공상과학 소설을 그다지 좋아하지 않았다. 미래의 과학이 실제로 그 소설만큼 발전하지 않을 가능성이 큰 데도 불구하고 인간들의 상상력만으로 그려낸 터무늬 없는 미래의 모습이 내게는 왠지 우스꽝스럽게 느껴졌기 때문이다.

　우연히 도서관이나 거실의 책장에서 집어든 책이 공상과학소설이면 나는 보통 중간 즈음까지 읽다가 그 위화감에 지쳐서 책을 읽다 중도하차 하는 타입이다. 낸시 파머의 『전갈의 아이』도 비슷한 경로를 통해 읽게 된 책이다. 하지만 다른 공상과학소설과는 다르게 나는 이 책을 끝까지 읽었다. 이 소설은 아마 나의 유일할지도 모르는 다 읽은 SF소설이 될 확률도 없잖아 있다.

이 이야기를 통해 내가 전달하고자 하는 바는 『전갈의 아이』가 공상과학소설을 싫어하는 내게도 술술 읽힐 만큼 흡입력이 강한 책이라는 것이다.

책 『전갈의 아이』의 배경이 되는 시대에서는 과학기술이 굉장히 발전하여 자동차 대신 호버 크래프트가 날아다니고, 복제인간, 즉 클론을 손쉽게 만들 수 있다. 하지만 이 책의 공간적 배경이 되는 '아편국'에서 생성된 클론들은 장기적출이나 노동 등의 어디까지나 인간의 이기적인 욕심과 필요에 따라 이용되기 때문에 그들은 태어난 후 곧바로 뇌를 파괴하는 주사를 맞도록 법제화되어 있다. 이 주사를 투여하면 복제 '인간'이었던 클론들은 잠재력을 잃고 더 이상 인간이 아닌 짐승과 같은 행태를 보이게 된다. 하지만 마약국의 최대권력자 '엘 파트론(마테오 알라크란)'은 이것을 어기고 뇌를 파괴하는 주사를 투여하지 않은 클론들은 만들었는데 그들 중 하나가 바로 '마트(마테오 알라크란)'이다. 『전갈의 아이』는 '마트'가 자신이 한 인간의 복제인간, 즉 클론이라는 충격적인 사실을 깨닫게 된 후, 점점 성장해나가면서 마주치는 갈등들을 그린 소설이다.

이른바 SF소설적 요소가 적당히 가미된 성장소설인 셈이다. 주인공 '마트'는 어린 시절에 알라크란 가의 양귀비 농장 구석에 있는 집에 갇혀 바깥 세상에서는 어떤 일이 일어나고, 사람들이 어떤 식으로 생활하는지 알지 못한 채 살아왔다. 그러나 양귀비 농장 근처에 있는 알라크란 가의 별장에 놀러온 아이들로 인해 마트는 그 집을 난생 처음으로 나오게 되고 결국 그는 모종의 사건을 통해 자신이 '클론'이라는 것에 대해 알게 된다.

그 뒤로부터의 마트의 인생은 이전과 판이하게 달라지고 작은 집에서 보낸 평화로운 일상과 달리 소란스럽고 정신없는 사건들로 가득찬 나날이 시작된다.

『전갈의 아이』의 작가에 대해 간략하게 소개하자면, 작가인 낸시 파머는 애리조나 주 피닉스에서 태어나 1963년에 리드 칼리지에서 문학을 전공했고, UC 버클리에서 화학과 곤충학을 공부했다. 1963년에서 1965년까지 평화봉사단의 일원으로 활동했고, 1975년에서 1978년에는 모잠비크와 짐바브웨에서 생물학 연구를 했다.

확실히 작가가 과학 분야에 대한 깊은 지식을 가지고 있어서 그런지 상상 속에서만 가능한 터무늬 없는 과학적 소재를 중심으로 한 이야기가 아닌 우리 인류에게 가장 가깝게 다가올 수 있는 소재로 이야기를 만든 것 같기도 하다.

이 책은 앞서 말했듯이 성장소설과 SF소설이 조화를 이룬 구조를 취하고 있는데, 나는 SF소설로서의 『전갈의 아이』뿐만이 아니라, 성장소설로서의 『전갈의 아이』도 굉장히 좋았다는 생각이 든다. 특히 '엘 파트론'이 '마트'에게 붙여준 경호원인 '탬 린'과 '마트'의 이야기들이 너무 풋풋

하고 행복하게 느껴졌다.

'탬 린'은 '마트'가 자신이 아무리 수학문제를 잘 풀고 피아노를 잘 치고 책을 많이 읽더라도 자신은 어차피 인간보다 못한 클론이라고 좌절해 있을 때마다 '마트'를 밖으로 데리고 나가 '마트'에게 집 안에서 은둔하기 보다는 산과 들을 거닐며 여러 체험을 하게 해주고 자신이 살면서 겪은 이야기들을 들려주기도 하며 그의 곁에서 겉모습은 중요하지 않다며 격언을 해주곤 한다. 탬 린과 마트의 모습을 보면서 주위 사람이 한 사람에게 얼마나 많은 영향을 미칠 수 있는가에 대해서도 잠시 생각해볼 수 있었다.

SF소설로서의 『전갈의 아이』는 상당히 심오한 내용을 다루고 있다. 책의 간략한 줄거리를 통해서도 알 수 있듯이 『전갈의 아이』는 미래 과학에 대한 많은 시사점들을 제시하여 깊은 생각을 하게 해주는 책이다. 이 책에서 제일 비중 있게 나오는 것은 바로 '생명윤리'이다.

작품 내에서의 클론들은 현재 실존하는 '인슐린을 생산하는 돼지' 정도의 가치만을 가지고 있을 뿐 존엄성을 완벽히 박탈당한 모습을 하고 있다. 또, 복제 인간 '클론'에 대한 이야기뿐만 아니라 이 책에서는 '이짓'에 대한 이야기도 나오는데, 이 '이짓'이란 단어는 주로 국경을 몰래 넘다가 들킨 사람들이나 범죄를 일으킨 사람들이 국경수비대 등에 잡혀, 인간의 뇌를 조종하는 칩을 삽입당하여 좀비와 같은 모습이 된 것을 가리키는 용어이다. 이 '이짓'들도 클론과 마찬가지로 인간의 이기심을 채우기 위한 도구로만 쓰일 뿐이다. 이짓들은 뜨거운 햇볕 아래의 광대한 양귀비 농장에서 하루 종일 양귀비를 수확하는 등의 반복적이고 고된 일을 한다. 우리는 이 이야기를 통해서 앞으로의 미래가 얼마나 끔찍한 모습을 하고 있을지 살짝 엿볼 수 있다.

위의 책처럼 미래에 생명공학 기술이 크게 발전하여 손쉽게 복제인간을 만들 수 있게 되고 실제로 인간을 '이 짓'으로 만들 수 있는 칩까지 개발된다면 경제적 생산성은 매우 향상될지 몰라도 그들의 생명윤리와 존엄성에 대한 논의는 끊이지 않을 것이다. 또한 작가는 로봇만도 못한 '이짓'들을 소설 내에 등장시킴으로써 과도하게 기계화된 인간들의 폐해를 간접적으로 제시하고 있다.

만약 미래에 생명의 존엄성에 대한 제대로 된 인식이 잡히지 않은 채로 과학 기술만 발달한다면 과연 미래는 어떠한 모습을 하고 있을까? 현대 사회에서 우리는 동물들을 이용하여 잔혹한 동물실험을 서슴치 않고 진행하고 있다. 앞으로 생명공학 기술이 아무리 발달한다고 해도 그에 반해 존엄성에 대한 사람들의 인식이 변하지 않는다면 결국 동물실험과 똑같은 일들이 인간에게 똑같이 행해질지도 모르는 일이다. 그런 점에서 이 책은 인간 존엄성을 넘어서 인간 복제에 대한 과학 연구를 계속 해나가야 것이 과연 옳은 것인가에 대해서도 생각해보게 한다.

이 외에도 비중 있게 나오지는 않았지만 소설 내에서 마약의 폐해(아편국은 이름만 봐도 알 수 있듯이 마약 왕국이다) 등에 대해서도 간략하게 다루며 마약이 동반하는 부정적인 영향을 지적하고 있다.

어쩌면 이 책은 다른 공상과학 소설에 비해 SF적 요소가 적다고 느껴질 수도 있다. 그래서 내가 이 책을 끝까지 다 읽은 것 같기도 하다. 하지만 그렇다고 해서 다른 공상과학 소설에 비해 우리에게 주는 깨달음이 적다는 건 아니다. 앞에서 말했듯이, 우리는 이 책의 많은 부분(작가가 미래의 모습을 상상하여 쓴 것들)을 통해서 미래사회의 문제점들을 미리 예상해 볼 수 있었다. 또, 이 책은 앞으로 내게 SF소설을 자주 읽어야겠다는 다짐을 하게 해준 과학적으로 잘 짜여진 소설이기도 하다.

얼핏 보면 현실성이 없는 이야기 같다고 느껴질 수도 있지만 현재 우리는 이미 복제동물을 어려움 없이 만들어 내며, 심지어 크리스토퍼 가위로 유전자를 자유롭게 조작하는 단계까지 다다른 상태이다.

우리가 이 소설의 배경이 되는 시대와 비슷한 시대에 접어들기까지 앞으로 별로 많은 시간이 남지 않았을 있다. 지금 이 시간에도 끊임없이 새로운 과학기술이 발견되고 있을 시대에 접어든 우리들에게 소설 『전갈의 아이』는 '생명'에 대한 많은 생각을 하게 해준다. 『전갈의 아이』는 내가 SF소설에 재미를 붙이게 해준 의미 있는 소설이다. 이 책을 많은 친구들이 읽어줬으면 좋겠고, 특히 생명공학 분야에 관심 있는 친구들에게는 깊은 사색의 시간을 가질 계기를 만들어 주는 좋은 책이 될 것이다.

나는 자유와 인권을 보장 받고 있는가
『1984』, 조지오웰, 민음사, 2007

유정우

　세계는 오세아니아, 유라시아, 동아시아 세 개의 전체주의 국가로 나뉘어져 끊임없는 전쟁을 치르고 있다. 주인공이 살아가는 배경이 되는 오세아니아는 진리부, 평화부, 애정부, 풍요부 총 네 개로 이루어진 정부 아래에서 운영된다.

　책에서 묘사되는 사회의 모습은 숨이 막힐 지경이다. 모든 소리와 모습을 전송하는 '텔레스크린'과 사상경찰, 마이크로폰, 헬리콥터 등으로 당원들의 사생활을 감시하고, '과거를 지배하는 자는 미래를 지배하고, 현재를 지배하는 자는 과거를 지배한다.'라는 논리를 내세워 시중에 나오는 모든 문서, 신문, 서적 등의 과거의 기록을 바꾼다. 말 그대로 현재를 지배하고 있는 정부가 과거를 바꿈으로써 정부의 모든 예측을 '사실'로 만들어 버린다. 그리고 당원들이 이단적인 생각과 행동을 하지 못하도록 하여 미래 역시 지배하고 있는 것과 다름없다.

정부는 체제를 유지하기 위하여 신격화된 인물인 빅 브라더를 따르게 만들고 반역자 골드스타인을 내세워 증오심을 한 곳으로 모은다. 두 사람 모두가 허구의 인물이라는 것은 상관없다. 빅 브라더는 '빅 브라더가 당신을 지켜보고 있다.'는 문구와 함께 사람의 눈길이 닿을 만한 어느 벽에나 붙어있으며, 지혜롭고 위엄 있는 모습으로 스크린 속에서 연설을 하기도 한다.

골드스타인은 적군의 행렬을 뒤로한 채 끔찍한 염소 목소리로 연설을 하며 스크린 속에서 온갖 증오와 경멸을 받아낸다. 당은 인간의 기본적인 욕구인 성욕까지 통제한다. 성관계는 오직 당에 봉사할 아이를 낳는 것이 목적이어야 하고 이 외의 목적을 지닌 성관계는 모두 역겨운 행위로 취급된다.

이러한 사회에서 살아가는 주인공 윈스턴 스미스가 있다. 그는 어느 순간부터 당의 통제와 체제에 반발을 느낀다. 당의 필요에 의해 과거의 기록을 현재에 맞추어 조작하는 일을 맡은 그는 금지된 행위인 일기쓰기를 함으로써 이른바 '사상범'이 된다. 그리고 곧 같은 당원인 줄리아와 연인 관계를 맺고 철통같은 감시를 피해 자기들의 공간을 찾아 관계를 갖는 것으로 당에 대항한다.

윈스턴은 내부당원 오브라이언에게 은근한 동질감을 느끼고 나중엔 직접 찾아가 반 전체주의 단체인 '형제단'에 가입하게 된다. 하지만, 결국 그는 사상경찰의 함정에 빠지고 감옥에 갇힌다. 창문 하나 없는 감옥에서 나타난 인물은 오브라이언. 뜻밖에도 오브라이언은 윈스턴을 고문하고, 자신이 저지르지도 않은 죄까지 자백하게 만든다. 연인을 배반하고 결국엔 당이 원하는 것을 받아들이게 만든다. 단순히 '받아들이는' 것이 아니라 사상이 개조되고 마음이 지배된 채로. 그렇게 모든 자신의 본래 의지와 생각을 잃은 꼭두각시가 된 채 조용히 총살형으로 생을 마감한다. 마지막의 내용은 이러하다.

"윈스턴은 빅 브라더의 거대한 얼굴을 올려다 보았다. 그가 그 검은 콧수염 속에 숨겨진 미소의 의미를 알아내기까지 사십 년이란 세월이 걸렸다. 오, 잔인하고 부질없는 오해여! 오, 저 사랑이 가득한 품 안을 떠나 제멋대로 고집을 부리며 지내온 유랑의 삶이여! 진 냄새가 배어있는 두 줄기 눈물이 그의 코 양 옆으로 흘러내렸다. 그러나 잘 되었다. 모든 것이 잘 되었다. 투쟁은 끝이 났다. 그는 자신과의 투쟁에서 승리했다. 그는 빅 브라더를 사랑했다."

마치 내가 무너진 것만 같았다. 마음속으로 그렇게 응원했건만 우리의 주인공은 마침내 무산 계급을 일으켜 세우지 못했구나. 개인이 이렇게도 무력하구나.

이 책에서 나오는 사상을 이해하면 소름이 돋는다. 영원한 전체주의를 위해 모든 것이 체계적으로 행해지고 심지어 교육마저도 전체주의를 유지하기 위해 적합한 사상을 주입시키는 것으로 이루어진다. 이때 사상은 '이중 사고'라고 일컬어진다. 진실을 알면서도 모른 척 하는 것(아니, 모르는 것). 모순된 두 가지를 동시에 믿고 지지하는 것. 잊고 떠올리는 것을 필요에 의해 행하는 것. 이런 게 가능이나 할까 싶지만 1984의 국민들은 해낸다.

사람들은 당이 하는 모든 말을 전적으로 믿고, 현재와 모순되는 과거는 잊어버리며, 현재의 사실에 적합한 과거의 기억을 떠올려 냄으로써 당이 만들어내는 모든 기록과 말을 사실로 받아들이게 되는 것이다.

아이러니한 점은 또 있다. 현재와 모순되는 과거의 기록을 조작해 당이 원하는 대로 만들어내는 기관은 '진리부', 끊임없는 무력 전쟁을 통해 재화를 소모하고 인명피해를 내는 기관은 '평화부', 온갖 고문이 행해지고 수천명을 한번에 교수형에 처하는 기관은 '애정부', 사람들의 생활수준을 향상시키지 않고 언제나 적당히 굶주리도록 유지하는 기관은 '풍요부'라고 칭하는 것이다. 심지어 온 사방에 걸려 있는 슬로건은 "전쟁은 평화, 자유는 예속, 무지는 힘."이라고 되어 있다.

평화, 예속, 힘이 무엇인지 아는 우리로썬 저 문장이 완전히 모순되었다는 것을 안다. 그러니 이해하지도 못한다. 하지만 1984속 오세아니아에서는 충분히 가능한 일이다. 그들은 거짓을 동원하여 만들어낸 현실이 '진리'이고, 적당한 전쟁으로 세 대륙의 전체주의 체제를 지키는 것이 '평화'이며, 국민들의 무지가 곧 전체주의를 유지하는 '힘'이 되는 것이다. 이것을 이해하기 위하여 앞서 말했던 '이중사고'가 이루어져야 한다.

현재 민주주의 사회에 살아가는 나로썬 완벽한 전체주의가 있을 수 있다는 것이 믿어지지 않지만, 책 속의 사회체제와 사상을 이해하고 점차 더 치밀해지고 강력해지는 고문을 보면 어쩌면 완벽한 전체주의가 가능할지도 모른다는 생각이 든다.

내가 어릴 때부터 '이중사고'를 교육 받아 필요에 의해 잊고 필요에 의해 떠올린다면. 그나마 깨어있는 사람마저 모조리 잡아들이고 고문을 행하여 그들이 본래 모습을 잃고 생각하는 능력마저 잃어버린다면. 겉으론 말끔하고 속은 끔찍하게 곪아 썩어버린 사회라도 유지하게 되지 않을까 하는 생각이 들었다. 물론 윈스턴 스미스 같은 사상범들은 끊임없이 나올 것이고 그런 사상범들을 잡아들이는 함정은 여기저기 숨어 있을 것이며 마침내 그들을 잡아들여 행하는 비인간적인 고문도 계속될 것이다. 하지만 그런 일들은 일반 사람들은 모르게 비밀스럽게 이루어질 것이고 그 누구도 모를 것이다. 고문을 당한 사람의 모든 기록은 없어져 '존재하지 않는 사람'이 될 것이다.

한번 생각해 보자. 도대체 이 우울하고 어두운 책이 나에게 무슨 말을 하고 있을까? 가장 먼저 든 생각은 '나는 자유와 인권을 보장받고 있는가?' 이다.

물론 우리는 책에서처럼 극단적으로 자유를 탄압당하는 사회에서 살고 있지 않다. 이 책은 1984년 당시 전체주의 국가를 다스리던 스탈린 정권을 비판하며 나온 책이기 때문에, 1984년도를 훌쩍 넘어선 지금으로선 상상도 할 수 없는 사회이다.

지금 우리가 생각해 보아야 할 것은 너무나도 자연스럽게 스며들어 어느 순간 나도 모르게 자유와 인권을 침해당하고 있진 않는가이다. 이미 우리는 '사생활 침해'의 형태로 자유를 억압당하고 있다. 인터넷엔 개인정보가 돌아다니고 화장실에선 손톱만한 카메라가 나오기도 한다. 하지만 누구도 심각하게 받아들이지 않는다. 당시에만 '뜨거운 감자'가 되는 것이다.

이것은 우리도 충분히 '텔레스크린'과 '사상경찰', '마이크로폰'으로 감시받는 사회에서 살게 될 가능성이 있다는 것이다. 24시간 누군가의 시선을 받으면서 살지 않기 위해선 언제나 우리의 자유를 지키려는 의지가 있어야 한다.

또 한 가지는 누군가가 혹은 주변 환경이 나의 눈을 가리고 있진 않는가이다. 1984 속 국민들은 사회의 분위기속에서 참된 진실과 거짓을 구별하지 못한 채 당의 말을 곧이곧대로 믿으며 살아가고 있다. 덕분에 당의 고위관리들은 권리를 독점하고 사람들은 언제나 부족한 생활을 이어간다.

눈이 가려진 상태에선 우리의 모습을 제대로 볼 수도, 문제를 인식할 수도 없다. 그러니 우리는 항상 깨어서 무엇인가 참된 것을 가리고 있진 않는가를 늘 경계해야 한다. 그래야 비로소 주체적이고 자유로운 삶을 살아갈 수 있을 것이다.

타인의 삶을 받아들일 수 있는 삶
『7년의 밤』, 정유정, 은행나무, 2016

이승아

　작년 겨울, 중학교의 마지막 시험을 마치고 고등학교 발표를 기다리는 동안 도서관에 갔다가 우연히 이 책을 보게 되었다. 인터넷에서도 많이 본 책이라 무슨 내용일지 궁금해서 한번 빌려와 봤다.

　이 책을 읽으면서 작가 정유정의 뛰어난 심리 묘사를 잘 느낄 수 있었고, 그로인해 스릴러 내용에 공포감이 더해져 시간 가는 줄 모르고 앉은 자리에서 이 책을 끝까지 다 읽었다. 사실 공포 소설은 한국 작품보다는 일본 작품이 재밌다는 잘못된 선입견을 가지고 있었는데 이 책을 통해 그러한 오해가 풀리게 되었다. 그리고 나서 올해에 정유정의 다른 소설인 '종의 기원'을 읽게 되었는데 이 작품 역시 실망감을 안겨주지 않았고, 참 재미있는 소설이었다. 그리고 나는 앞으로도 정유정의 신작이 발표된다면 주저 없이 그 책을 읽게 될 것 같다.

먼저 이 이야기의 배경은 세령마을, 그리고 등대마을이다. 세령마을은 그 시작이고 등대마을은 그 끝이 된다. 주인공 최서원은 살인자의 아들이다. 아버지 최현수는 12살 소녀와 그 아버지를 살해하고 또 자신의 아내를 살해했으며 한 마을을 수장시키는 끔찍한 범죄를 저질렀다. 그 때문에 어린 서원은 친척들한테도 버려지고 학교에서도 사회에서도 인정 받을 수 없는 사람으로 7년의 세월을 비참하게 살아야 했다. 그런 그를 유일하게 보듬어 준 이가 안승환이다.

안승환은 아버지가 팀장으로 있었던 세령댐 보안팀의 부하 직원이었으며, 서원의 룸메이트였다. 서원과 승환이 세상의 눈을 피해 자리잡은 등대마을, 지도에도 표시되지 않을 만큼 외진 그 곳에서 생활하던 어느날, 서원은 승환의 미완의 소설을 배달 받게 된다. 그 속에는 7년 전 세령마을 사건의 진실을 담은 이야기가 들어 있었다.

그곳엔 한순간의 실수로 몸도 마음도 점점 무너져 가는 아버지가 있었다. 그리고 어린 시절부터 아버지를 붙잡고 놓아 주지 않았던, 그러나 그의 삶이 달빛이며 희망이었던 서원으로 인해 닫혔던 불행의 우물이 소녀를 살해한 그 순간을 기점으로 다시금 입을 열어 아버지를 끌어당기고 있었던 것이다. 그리고 소녀의 아버지인 오영제의 조심스럽고 치밀한 추적. 그는 집요한 추적 끝에 오영제표 맞춤형 세계의 핵심을 손상시킨 사람이 아버지라는 것을 알아내고 잔인한 복수를 계획한다.

사건이 있었던 그 밤, 아버지는 오영제의 덫에 걸려 움직일 수 없었고, 어머니와 승환 역시 같은 상황이었다. 시원 역시도 아버지를 자극하기 위해 오영제가 만들어 놓은 특별 무대에 묶여 있었다. 아버지는 자신이 죽든 오영제와 함께 공멸하든 어느 쪽으로든 끝을 낼 생각이었지만, 자신만을 상대로 채무 상환을 하려는 것이 아니라 서원의 목숨까지도 노리고 있다는 것을 알게 되면서 아들을 구하기 위해 극단적인 선택을 하게 된다. 그것이 세령마을을 수장시킨 이유였던 것이다.

소설은 승환이 서원을 구한 부분까지만 작성되어 있고, 어머니의 죽음이나 오영제의 행적에 대해서 언급된 부분은 없었다. 서원은 그 부분을 재구성하며 어머니가 오영제의 손에 희생당했을 것이라고 추측한다. 그리고 오영제가 7년 동안 서원을 세상으로부터 내몰며 흔적을 지운 이유가 그 밤에 끝내지 못한 계획을 마무리 짓기 위해서이며 아버지의 사형 집행이 그것을 알리는 신호일 것이라고 결론 내린다.

그렇게 생각한 서원은 도망치지 않고 맞서기 위해 자살소동으로 선수를 치고, 예상대로 오영제는 서원 앞에 모습을 드러낸다. 더 이상 12살 어린 아이가 아닌 서원은 자신을 아버지의 길동무로 만들려고 하는 오영제 앞에서 침착하게 어머니의 죽음에 대한 오영제의 자백을 받아내고, 오영제의 아내인 문하영의 이야기로 그를 자극해서 상황을 역전시킨다. 그리고 오랫동안 외면했던 아버지를 만난다. 드디어 서원은 지옥 같은 삶에 작별을 고한 초라하고 노쇠한 자신의 영웅, 아버지의 유해를 들고 바닷속으로 들어가고, 그곳에서 비참한 운명의 소용돌이 속으로 자신을 끌고 들어갔지만 그래도 자신을 사랑했던 또 자신이 사랑했던 아버지와 이별한다.

이 소설은 시점이 다양하게 나타난다. 만약 전지적 작가 시점이었거나 한 인물의 시점으로만 내용을 전개했다면 지금과 같이 재미있는 소설이 나오지는 않았을 것이라고 생각한다. 사실 표현은 '재미있다' 라고 표현하지만 실제로 이 책을 읽고 나면 내 자신이 최서원 혹은 최현수 혹은 오영제가 되어있는 기분이 든다. 그래서 한편으로는 읽고 나서도 마음이 무거워지는 책인 것 같다. 이 책을 읽으면서 나는 두 가지에 대해서 고민해 보았다.

먼저, '오영제' 라는 인물이 의미하는 것은 무엇일까? 이 책에서 오영제는 약간은 사이코패스 같은 사람으로 묘사된다. 자신은 자신이 만들어 놓은 자신의 세계 속에서 살고 있고 그 속에서는 어떠한 혼란도, 무질서도 존재하지 않는다. 그러므로 최현수와 그의 아들 최서원에 대한 복수심도 단순한 부정애에서 나온 분노가 아닌 자신의 세계에 질서를, 그것도 그 세계의 핵심을 무너뜨렸다는 것에 대한 혐오감에서 나온 분노이다.

나는 왜 작가가 '딸을 죽였다.' 라는 단순한 이유로도 복수를 위한 충분한 명분이었을텐데 왜 굳이 이러한 오영제의 성격을 나타내고 있는지에 대해서 조금의 의문이 들었다. 그래서 나의 의견은 오영제는 지금 이 사회를 살아가고 있는 우리 모두를 의미한다고 생각한다. 왜냐하면 이렇게 바쁘고 지치고 힘든 사회를 살아가는 우리는 편히 마음 놓고 의지할 곳이 마땅치 않다. 그러므로 사람들은 자신만 믿고 하루하루를 살아간다. 그러한 과정 속에서 자연스럽게 자신만의 규칙이 정해지고 자신만의 하루 일과가 정해지고 자신만의 휴식이 정해지게 된다.

사람마다 정도의 차이겠지만 우리 모두는 오영제의 세계를 만들어 가고 있을지도 모른다는 것이다. 그래서 이로 인한 문제도 발생하고 있다. 잊을 만하면 뉴스에 오르내리는 연인간의 이별로 인한 살인, 폭력 또는 층간 소음으로 인한 주민들 간의 크고 작은 다툼들은 사람들이 각자 익숙해진 오영제의 세계를 망가뜨리는 사람들에 대한 반감, 증오감이 나타나는 것이라고 생각한다. 이야기를 읽다가 어쩌면 오영제가 천하의 몹쓸 놈이라고 생각 할 지도 모른다. 하지만 오영제의 입장에서 이야기를 읽으면 최현수는 자신의 딸을 죽인 것이고, 그로인해 자신의 원래 하던 정상적인 삶이 하나부터 열까지 망가진 것이다.

지금의 우리는 누군가 우리가 평소처럼 살지 못하도록 만든 사람이 있다면 가만히 두고 볼까? 아닐 것이다. 우리는 그 분노를 당사자, 혹은 당사자가 아닌 누군가에게 표현할 것이고 이 책에서는 그러한 분노가 극에 다른 오영제의 행동을 보여주고 있는 것이다. 그러므로 우리는 이 책을 통해 조금의 경각심은 느껴야 한다.

우리 사회는 시간이 지나도 변하지 않는 한 가지가 있다. 나 혼자 사는 것이 아니라는 것. 그러므로 자신만의 세계에 갇히면 안 된다는 것. 우리는 바쁘게 살아가되 타인이 자신의 생활에 개입한다고 해서 심각한 분노를 느낄 필요는 없다. 자신의 뚜렷한 가치관, 주장 등을 없애라는 것은 아니다. 다만 타인이 개입할 수 없는 자신만의 세계를 만들어서 그 안에 갇혀 사는 것은 자신도 모르게 이 사회에서 괴물이 되어가고 있다는 것을 의미하기도 한다. 그러므로 타인을 받아들일 수 있으면서 삶을 살아갈 수 있는 사람이 되어야 한다.

두 번째, '나는 내 아버지의 사형 집행인이었다.' 의 의미는 무엇일까?

글을 읽다 보면 최서원이 이와 같은 말을 하는 장면이 나온다. 이 말이 의미하는 바는 무엇인지에 대해서 생각해 보았다. 사실 단순하게 생각하면 나를 구하기 위해 아버지가 사형을 받아서서 그렇게 표현했다고 생각할 수 있지만 '사형 집행인' 이라는 것은 사형을 직접 집행하는 그 사람을 말한다.

그렇게 표현하기에는 최서원은 아버지의 삶의 끝에서가 아닌 삶의 끝이 오기 전에 막대한 영향을 주었던 인물이다. 그런데 사형 집행인 이라는 것은 아버지의 삶의 마지막, 제일 끝에서 아버지를 죽인 사람이라는 것인데 나는 그 부분이 잘 이해되지 않았다. 그래서 이 질문에 대해 생각해 보았는데 자신 때문에 사형 집행을 받은 이유도 있겠지만 자신이 사형 집행인이 되었다는 의미는 자신마저도 아버지를 외면한 그 행동을 사형 집행인으로 표현한 것이 아닌가 하는 생각이 들었다.

물론 아버지는 실제 사형 집행을 받으셨지만 아들의 외면으로 사형 집행은 이미 되었다고 생각한 것이다. 그러므로 최서원은 사실 아버지의 목숨의 마지막이 아닌 삶의 마지막에서 사형 집행인이 되었던 것이다. 최서원 역시 아버지로 인해 사회에 발붙일 수 없게 된 현실에 수없이 좌절하고 원망해서 아버지를 외면하게 되었을 것이다. 하지만 사실을 알게 된 후 서원은 드디어 외면하기만 했던 아버지의 마음에 대해 생각해 보게 된다. 이런 과정을 통해 서원은 외면했기 때문에 이해하지 못했던 아버지의 어쩔 수 없는 선택을 이해하고 7년이라는 시간동안 아버지를 원망하고 외면하였던 것이 아버지에게는 실질적인 사형 집행처럼 느껴졌을 것이다.

최현석은 얼마나 괴로워하고 또 죄책감에 얼마나 힘들게 대응했을까. 그중 가장 힘들었던 것은 자신이 그렇게 살리고자 했던 아들의 쌀쌀한 원망 섞인 외면이었을 것이다. 그래서 최서원은 스스로를 사형 집행인이라고 표현한 것이다.

『7년의 밤』이라는 책은 나에게 소설을 재미를 알려준 최고의 책이라고 자신 있게 말 할 수 있다. 이 책을 통해 문학이 독자를 끌어당기는 힘을 잘 느낄 수 있었고 오랜만에 시간 가는 줄 모르고 읽은 책인 것 같다.

독서의 즐거움을 모르는 사람 또는 소설이 재미없다고 하는 사람이 있다면 정유정의 『7년의 밤』을 가장 먼저 추천해주고 싶다. 앞으로도 정유정 작가님이 많은 활동을 통해서 더 많은 작품을 만나보길 기대한다.

다양한 관점으로 읽는 책 이야기
『표현의 기술』, 유시민, 생각의 길, 2016

한지원

 읽기에 시작하게 앞서 이 책을 읽게 된 계기는 요즈음 '알쓸신잡'이라는 프로그램에서 나와 더욱 유명해진 정치인이자 이제는 작가가 된 유시민 작가님의 책을 우연하게 발견해서 읽게 되었다.

 텔레비전에서 보는 유시민도 좋았지만 각각의 주제에 대해 자신의 생각을 술술 말하는 유시민도 정말 충분히 말을 잘한다고 생각하였지만 책으로써 정말 제대로 써보자! 해서 유시민이 고민을 해서 쓴 글을 한번 읽어보고 싶었다. 또한 유시민의 과거 정치생활을 알고 싶고 그 내용이 나올 것 같아서 읽게 되었다. 어디선가 봐왔던 익숙한 그림, 만화가 정훈이 작가님의 그림을 보고 또 호기심을 갖게 되었다.

 사실 이 책을 보면서 유시민의 글과 정훈이의 그림이 합쳐

진 것을 기대하게 되었는데 생각보다는 나에게 있어서는 생각을 돌리게 되는 것이 되었기도 하다. 아직 무지하고 생각을 묶고 구성하는 힘이 부족한 나는 그 그림과 글의 조화를 생각지 못하였고 그 둘 사이의 연관성에 대해 생각할 수 없고 각각의 큰 텍스트만 생각할 수밖에 없음에 아쉬움을 느낀다.

내가 보았던 책인 레이첼카슨의『침묵의 봄』이 나오고 학교 윤리와 사상 시간에 배웠던 칸트의 정언명령이나 이성이 하는 역할에 관한 내용이 나와서 정말 반가움과 동시에 어떠한 글을 읽고 내가 이해하고 생각할 수 있었다는 사실에 또 한 번 지식 획득의 감사를 느꼈고 무지를 자각하였다.

또한 조지오웰에 대한 설명을 보면서 동물농장이라는 책을 꼭 읽어야겠다는 생각을 하였다. 또한 열렬한 사회주의자인 조지오웰이 자신의 쓴 글로 인해서 반공주의자로 보인다는 사실을 보고 정말 우리는 책을 보는 관점을 여러 방향으로 볼 필요가 있다고 생각하였다. 작가론적 관점에서도 보아야 한다고 느꼈다.

그리고 내가 다른 사람의 말을 듣고 잘 수용하지 않고 반박을 하고 나의 의견을 중요시하는 것이 내가 '폐쇄적 자기 강화 메커니즘' 이 있기 때문임을 깨달았다.

"사람들은 이미 믿고 있는 것과 다른 사실, 다른 이론, 다른 해석은 좀처럼 받아들이지 않습니다. 그래서 말이나 글로 남의 생각을 바꾸지 못하는 것이죠. 사람은 스스로 바꾸고 싶을 때만 생각을 바꿉니다. 어린아이라면 모를까, 열다섯 살이 넘어 뇌가 이미 다 자란 사람은 그렇다고 봐야 합니다." 에서 나도 그런 메커니즘이 강하게 자리 잡혀 있다는 것을 느꼈다. 그런데 그것을 고집이 있다, 강단이 있다라고 좋게 표현하는 것뿐이라고 생각하게 되었다.

 그래서 수용이라는 것이 또 어렵지만 정말 중요한 것이라고 생각하였다. 다른 사람이 말을 하면 그에 대하여 내가 말할 것을 생각하기 보다는 상대방의 말을 잘 들어주고 그에 대하여 공감하거나, 자신이 생각해왔던 것에 대해서 다시 생각하는 것이 중요하다고 생각하였다.

 또한 글을 쓰는 것에 있어서 정말 생각이 많아지게 한 것 같다. 친구들이 적지 않게 보는 『아프니까 청춘이다』라는 책에서 아픈 것은 환자인데 그것을 청춘에 비유한 것 자체가 지극히 주관적이다. 『아프니까 청춘이다』을 포함한 자기계발서들이 작가들이 독자의 관점에서 보지 않고 자신들의 관점에서만 써낸, 오직 이익을 위해서 써진 책들에 대해서 다시 한 번 생각하게 된 것 같다. 그런 생각을 못 했었는데, 정말 김난도 교수는 자신의 관점, 어른의 관점에서는 자신이 청춘이 아니니 청춘은 아파도 된다, 라고 생각한 것에 있어서 나도 생각하는 것의 관점을 바꾸려고 하기 보다는 많은 책을 읽어보고 다양한 책을 접해 생각하는 것이 필요하다고 느꼈다.

 또한 악플이나 정치와 예술로 쓰는 글에 대해서 얘기하는 것을 읽고 보고, 정말 나도 미래에 만약에 전업작가가 아니더라도 다른 직업을 갖게 되더라도 사람으로서 다른 사람간의 관계에 있어서 어떻게 대해야, 어떻게 관계를 맺어야, 그들이 내뱉는 것을 내가 어떻게 고쳐야 할까? 아니면 무시해야 할까 유시민 작가는 그것에 있어서 자신만의 생각을 하고 결론을 내었다. 하지만 나도 그것에 대해 생각해 보고 나도 나의 결론을 내려야겠다고 생각하였다. 나도 언젠가 독자가 공감하고 죽 읽어갈 수 있는 내가 전하고 싶은 분야를 모두 어우러지게 예술적으로 과장 되고 허황되지 않은 좋은 말로 글을 쓸 수 있는 사람이 되고 싶다고 생각하였다.

 "글에는 쓴 사람의 내면이 묻어납니다. 글을 보면 글쓴이가 어떤 사람인지, 어떤 생각과 감정이 그 사람을 이끄는지 어느 정도 알 수 있다는 말이지요. 다른 직업이라면 몰라도 작가만큼은, 그가 어떤 사람인지 알려고 관상을 볼 필요가 없습니다." 라는 말에서 책이 담고 있는 것에 대해 다시 생각해 보게 되었다 그것이 소설이더라도 드러나는 문체나, 자신이 살아온 배경 안에서 상상을 하여 꾸며낸 글이 소설이 되기에 충분히 자신의 성격이나 문체가 드러나기도 하니 충분히 작가의 내면이 묻어난다는 말에 대해 제일 옳다고 생각하였다. 그 뿐 아니라 수필이나 자서전에서도 자신의 경험과 그에 따른 마음가짐과 생각을 하였다 . 그래서 내가 어떤 글을 쓸 때에도, 내가 생각하는 것, 내가 느낀 것을 진솔하게 써야 함을 다시 한 번 깨달았다.

이 책도 읽어보면서 작가 유시민과 사람 유시민에 대해서 알게 된 것 같고, 또 그가 생각하는 것에 대해서도 알게 된 것 같다.

나의 생각은

삶과 정체성, 인간관계 문제의 해결책 제시_ 박초용

이제는 개편해야 할 제도, 국민연금_ 이경민

정신과에 대한 부정적 인식을 개선해야 한다_ 이연주

빅데이터 전문가를 위한 인재 양성이 시급하다_ 이은솔

동물실험을 해서는 안 된다_ 천예지

삶과 정체성, 인간관계 문제의
해결책 제시

박초용

고등학교에 올라와서 친 1학년 1학기 기말고사. 실수 없이 무사히 끝낸 시험을 머릿속에서 저 멀리 날려 보내니 갑자기 나에게 주어진 달콤한 여유 시간이 약간 낯설게 느껴졌다. 일단 뭐라도 해보려고 생각을 해봤더니 하고 싶은 것이 머릿속에 언뜻 떠올랐다.

야자시간에 시간이 많으니 그 시간을 활용해서 시험공부로 인해서 못 했던 활동을 해보려고 했다. 어릴 때는 책을 그토록 쌓아놓고 읽고 또 읽었는데 중학교를 올라가면서 책을 접하는 기회가 왠지 모르게 줄어들었는데 지금 생각해보면 스마트폰을 쓰게 되면서 폰을 보는 시간이 늘어나고 책을 읽는 시간은 그만큼 많이 줄어들게 된 듯싶다. 그래서 1년에 한 5~6권정도만 읽게 되었다. 그렇게 책과 약간 멀어졌다가 고등학교에 올라오면서 나에게 자율적으로 주어지는 시간이 줄어들다 보니 책을 읽고 싶은 욕구가 마구마구 샘솟았다. 그래서 주말마다는 틈틈이 책을 읽으려고 했지만 숙제에다가 학원까지 가다보니 피곤해서 읽기는커녕 책과 마주한 순간도 별로 없었던 것 같다.

이런 생각이 들어서 시험도 끝났겠다, 도서관에 오랜만에 가보면서 책도 빌리면 좋을 듯 싶어 시험 끝나고 난 다음 주 월요일에 당장 도서관에 갔다. 이리저리 둘러보던 중 정말 눈에 띄는 제목을 발견했다.

『기억전달자』 처음엔 이 제목이 오묘한 느낌이 들었다. 기억이란 것은 내가 경험하고 느낀 것을 내 속에 가지고 있는 것이라고 생각해왔는데 이 기억을 남에게 전달하다니 이건 무슨 말일까 하고 궁금했다. 두근거리는 마음으로 뒷표지를 읽기 시작했는데, 이건 정말 내 마음에 쏙 드는 책이었다.

당장 이 책을 빌려서 반에 가자마자 읽기 시작해서 틈틈이 읽다보니 하루 만에 다 읽어버렸다. 중간중간 읽을 때마다 안타깝기도 하고 어쩜 이런 생각을 했을까하는 탄성이 나오기도 하면서 시간이 어쩜 그렇게 빨리 가던지 그동안 이렇게 시간가는 줄 모르고 읽은 것이 참 오랜만인 것 같았다. 이 책을 정말 추천하고 싶다.

먼저, 이 책의 작가를 소개하고 싶다. 『기억전달자』는

'로이스 로리'라는 미국의 여성 작가가 쓴 책이다. 로이스 로리는 입양, 정신질환, 암, 미래 사회 등 다양한 주제를 다루면서 독자들에게 생생한 삶의 경험을 안겨 주며, 청소년들이 삶과 정체성과 인간 관계에 대한 문제의 해결책을 스스로 찾을 수 있게끔 이끌어 준다.

- (출처: 해외저자사전)

　로이스 로리의 SF 소설로는 4부작이 있는데, 그 중 하나가 바로『기억전달자』이다. 기억전달자의 줄거리를 간단히 소개하자면 이곳은 모든 것들이 완벽하게 통제되고 조절되는, 태어난 아이의 미래, 죽을 사람, 가지게 될 직업, 가족도 모두 위원회에서 정해주는 나라, 또한 위협도 없고 색깔도 없고 날씨도 없고 책도 없고 음악도 없는 '늘 같은 상태'인 나라이다.

　주인공 조너스는 열두 살이 되어 위원회가 정해준『기억보유자』라는 직업을 가지게 된다. 조너스는 '기억 전달자'를 만나 여러 감정들의 기억을 전달받으면서 효율적이고 평화로운 사회를 만들기 위해 희생된 것들. 즉 날씨, 전쟁, 굶주림, 사랑이란 것, 가족 등에 대한 것을 얻었다. 이 기억들을 모든 사람들에게 돌려줘야겠다는 생각을 한 조너스는 가브리엘을 데리고 나라를 벗어난다. 이렇게 열린 결말로 끝난다.

이 책에서 나에게 인상 깊게 와 닿았던 구절들이 있다.

" ('늘 같음 상태' 로 가는 길을 택함)그럼으로써 우리는 많은 것을 통제할 수 있었지. 하지만 동시에 많은 것들을 포기해야 했단다."

기억 전달자가 한 말로 그들이 통제한 만큼 많은 것들을 포기했다고 한다. 날씨를 통제했다. 눈이 내리면 식량이 잘 자라지 않고 날씨는 예측하기 어렵기 때문에 교통이 종종 마비되기 때문에 실용적이지 않다. 그래서 '늘 같음 상태' 에 들어가자 눈이 쓸모가 없었다. 햇볕을 포기하고 차이를 없앴다. 그러더니 색깔이 사라졌다.
 어떤 것을 얻기 위해서는 포기해야하는 것이 발생하기 마련이다. 그런데 여기서 문제점은 과연 어떤 것을 얻었고 무엇을 포기했느냐이다. 이 사람들이 얻은 것은 좀 더 평화롭고 안정되고 통제된 완벽한 사회를 향해 가고 있는 것이다. 그렇다면 무엇을 포기했을까?
 이 세계 사람들은 현재 우리가 경험하는 사랑, 행복, 가족, 우정, 햇볕을 받는 느낌, 비 맞는다는 것, 고통들을 느낄 수 있는 자유를 포기했다. 이 사람들은 자기 자신만의 감정이 아니라 수학공식처럼 딱 정해져 있는 공식화된 감정만을 가지고 있고 그 속에 있는 진정한 감정들은 모두 기억 속에서 사라졌다. 하지만 나는 이런 통제된 사회보다 나 자신의 경험과 감정을 가지는 것이 더 중요하다고 본다.

왜냐하면 통제된 사회는 무미건조한 사막과 같기 때문이다. 비록 조금 두렵고 복잡할지라도 자신의 기억, 앞으로 경험하게 될 모든 것들, 느끼게 될 감정들이 있기 때문에 삶이 즐거워지고 풍요로워 진다고 생각한다.

"기억을 품는 게 힘든 가장 큰 이유는 고통이 아니라 외로움이다. 그러니까 기억은 함께 나눌 필요가 있어."

사실 이 말을 이해하는 데 어려움이 있다. 내 생각에는 외로움이 곧 고통인 것 같은데 여기서는 고통과 외로움을 따로 보고 있다니 정말 어려운 문제이다. 만약 초점을 뒤에 문장인 '기억은 함께 나눌 필요가 있다.'에 맞춘다면, 잘 이해가 될 듯싶다.

혼자 짊어지는 수많은 기억들을 그 누구에게도 말하지 않고 가지고 있다는 것은 너무 괴로운 일이다. 행복은 나누면 배가 되고 슬픔은 나누면 반이 되듯이 기억 또한 함께 나누면 외로움을 덜 수 있다.

사실 이 구절들 외에도 생각해 볼만한 것들이 굉장히 많다. 조너스가 진짜 감정들을 경험하게 되고 난 후 사람들과 대화한 내용과 조너스 혼자만의 생각, 그리고 마지막에 조너스가 가브리엘을 데리고 그 나라를 벗어나는 과정에서 기억을 이용하며 가고 점점 지쳐가다가 결국에는 끝을 발견하게 되는 것이다.

생각해 보면 문장 하나하나가 그 상황들을 묘사하고 있기 때문에 이것은 직접 읽어 봐야 한다. 나의 인생 책으로써 로이스 로리의 나머지 SF 소설 3가지를 읽어 볼 예정이다.

이제는 개편해야 할 제도, 국민연금

이경민

　국민연금에 대해서 들어본 적 있을 것이다. 국민연금이란 가입자가 퇴직 등으로 소득원을 잃을 경우 연금 급여를 시행하는 제도로 국민의 생활안정과 복지 증진을 목적으로 하는 사회보장제도의 일종이다. 만 18세 이상의 국민이 일정 기간 가입하고, 만 65세부터 혜택을 받는 것이 기본적이며, 소득재분배의 기능이 있어 노인 빈곤 해소에 도움이 된다. 하지만 과연 한국의 국민연금은 노인 빈곤을 해소하고 있을까?

　현재 한국의 노인 빈곤율은 50%에 육박하여 경제협력개발기구(OECD)의 회원국 중 가장 높다. OECD 평균의 4배이면서 점점 심각해지고 있기도 하다. 이렇게 생활안정과 복지 증진이라는 국민연금의 목적은 실현되지 않고 있다.

국민연금이 제 목적을 달성하기 위해서는 개편이 절대적이다. 국민연금을 개편해야 하는 구체적인 이유는 다음과 같이 세 가지로 나타낼 수 있다.

첫째, 1인 기초생활보장 수급자의 최저소득보다 현저히 낮은 국민연금 소득 하한액으로 가난은 늪이 된다. 2015년 국민연금 최저 1등급의 하한선은 27만 원이다. 정부에서 정한 2015년 기초생활보장 수급자 1인 가구 자격요건이 43만 7,454원이다. 국민연금의 소득 하한액 27만 원은 1인 가구 기초생활보장 수급자 최저소득보다 16만 원이 더 적다. 소득이 27만 원이면 보험료를 낼 여력이 없는 빈곤층이며, 생계비를 지원받아야 할 사람들이다.

둘째, 복지프로그램으로 재분배 받아야 할 사람들이 국민연금에선 재분배의 혜택을 누리지 못한다. 도시근로자 가구당 평균소득이 481만 원 이하이면 정부에서 제공하는 시프트(shift) 입주 권한이 있는 저소득층으로 분류된다. 그런데 이 정도 소득이 국민연금에서는 고소득층으로 분류된다. 또한, 고소득층이기 때문에 자신보다 소득수준이 낮은 사람에게 분배를 해줘야 하는 입장이 된다. 이들은 복지 프로그램을 통해 재분배를 받아야 하는데도 불구하고 국민연금에서는 신분을 상승하여 보험료를 더 내고, 연금은 덜 받게 된다.

셋째, 국민연금의 최고 등급의 소득이 과거에서부터 현재까지 거의 정체됨으로써 국민연금은 소득재분배의 기능을 수행하지 못한다. 1988년 연금제도의 출범 이후로 국민연금의 최고 등급의 소득은 거의 상향 조정되지 않았다. 당시 최고 등급의 소득 수준은 360만 원이었다. 이때부터 61만 원이 인상되어 현재는 421만 원에 불과하다. 이렇게 되니 대기업의 과장부터 사장까지 국민연금 보험료가 모두 같다는 결과가 도출된다. 결과적으로 소득분배 기능을 수행하지 못하게 되는 것이다.

앞서 언급한 근거들을 바탕으로 국민연금은 개편되어야 한다. 가장 먼저 국민연금의 소득 하한액을 수정할 필요가 있으며 국민연금의 소득 구간을 조정해야 한다. 이렇게 함으로써 국민연금이 제 목적에 한 걸음 더 가까워질 수 있다. 우리 사회가 더욱더 평등해지고 복지국가로 거듭나기 위해선 국민연금 개편은 필수적이다. 예전부터 갑론을박이 열띠게 오고 간 개편 논쟁, 이제는 종지부를 찍을 때가 왔다.

정신과에 대한 인식 부정적 인식을
개선해야 한다

이연주

우리나라의 정신질환 평생 유병률은 30.2%이다. 국민 3명 중 1명 꼴은 평생을 살면서 한번쯤 정신질환을 경험한다는 의미이다. 즉, 정신건강의 문제는 특정한 사람들에 국한된 문제가 아니며 누구나 경험할 수 있는 문제라는 것이다. 그러나 정신질환을 경험한 사람 중 정신과 치료를 받는 사람은 15.3%의 수준에 그치고 있다.

문제는 보편적이지만 그중 일부 사람들만 치료 서비스를 이용하고 있다. 사회의 부정적 사건과 정신질환을 연결하는 현상이 정신과 치료율을 저조하게 만드는 원인이다. 정신과 진료에 대한 부정적인 인식으로 환자들의 접근 장벽이 높으므로 정신과에 대한 인식 개선 작업이 시급하다.

정신과에 대한 부정적 인식으로 조기 치료시기를 놓치는

사람들이 많아지고 있다. 정신질환은 조기 진단과 치료가 가장 중요하다. 보건복지부 통계에 따르면 실제로 치료받아야 할 환자 7명 중 1명만이 병원 진료를 받고 있는 것으로 나타났다.

조기 정신증의 발견 및 치료가 중요한 것은 치료 전 정신병적 증상의 기간이 짧을수록 치료 반응이 우수하기 때문이다. 실제로 조기 정신증 가능성이 큰 대상을 선별해 약물 치료와 정신 치료를 시행했을 때, 조현병의 연간 발생률이 전년도 보다 10분의 1로 감소하는 것으로 나타났다.

정신 질환을 방치할 경우 자살과 같은 심각한 상황으로 발전할 수 있다. 가장 흔한 자살의 원인은 치료되지 않은 우울증이다. 우울증이 있는 경우 자살에 대한 생각이 건강한 사람의 4~5배로 증가하고 생활에서의 스트레스나 음주 문제 등이 겹치면 그 위험도는 급상승한다. 하지만 자살 시도자의 우울증을 발견해서 적극적으로 치료하면 자살을 재시도 하는 비율을 80퍼센트나 줄일 수 있다고 한다.

현재 우리나라의 항우울제 소비량은 선진국인 영국, 캐나다, 스웨덴 등의 4분의 1밖에 되지 않는 수치인 20DDD라고 한다. 이 수치가 말해 주고 있는 것은 우리나라 사람들은 몸에 이상이 생겼는데도 정신과 방문을 극도로 꺼려하고 있다는 것이다. 사회의 편견이 신경 쓰여 치료가 가능함에도 불구하고 적극적인 치료 자세를 보이지 않고 있다.

우울증과 같은 정신 관련 문제를 가진 상태에서 일을 하면 업무 효율성과 생산성이 떨어진다. 단순히 개인적 차원의 문제만은 아니다. 모든 질환은 사회적으로 해결해야 할 짐이다. 그것을 '질병부담'이라고 한다. 마치 암에 대하여 국가와 사회가 개인과 사회의 비용 부담을 줄이기 위하여 합리적 정책안을 만들기 위한 노력을 하듯이 정신 질환도 마찬가지이다.

요즘은 일반인들이 소위 정신병이라 생각하는 정신증 (Psychosis)보다는 스트레스성 불안, 우울, 불면, 화병 등 신경증과 관련된 질환들을 많이 다루고 있는 것이 사실이다. 정신과가 예전처럼 중증 정신 질환자들만 가는 곳이 아니라는 인식이 확산되어야 한다.

국민의 행복한 삶과 정신건강을 위해 지속적인 홍보 활동을 펼쳐 정신과에 대한 거부감을 없애야 한다. 정신적으로 아픈 사람을 위해서 치료해 주는 곳이 하루 빨리 우리에게 가까운 곳이 되어야 할 것이다.

빅데이터 전문가를 위한
인재 양성이 시급하다

이은솔

미국의 이동통신사 T-Mobile은 고객 간 커뮤니케이션 데이터를 분석하여 전체 고객 이탈율의 절반 가량을 줄이는 쾌거를 이루었다. 통화량이 한 달에 300GB를 넘는 이용자를 커뮤니티에서 주동로 규정하고 주동자가 통신사를 이동함에 따라 모방자의 25%가 주동자를 모방한다는 결과를 도출하였다. 본사는 주동자에게 기기 업그레이드 서비스를 제공했고, 이탈률을 50%나 감소시켰다.

T-Mobile이 고객 간 커뮤니케이션 데이터를 수집, 분석하는 데 사용된 기술이 '빅데이터 기술'이다. 빅데이터란 기존 데이터베이스 관리 도구의 능력을 넘어서는 대량의 정형 또는 비정형의 데이터로부터 가치를 추출하고 결과를 분석하는 기술이다.

최근 빅데이터 기술은 이전과는 차별화된 대용량 데이터 분석과 추론으로 새로운 서비스 개발 가능성이 무한하다는 점에서 지식 정보 사회의 핵심 기술로 주목 받고 있다. 인공지능, 사물 인터넷, 무인 운송 수단과 같은 모든 IT 기술도 빅데이터가 기반이 되어 작동된다.

우리나라는 세계 최고 IT 인프라를 보유하여 유리한 조건을 갖추었음에도 불구하고 빅데이터 분야에서는 아직 걸음마 단계에 있다. 빅데이터 전문가를 위한 인재 양성은 우리나라가 빅데이터 강국으로 거듭나기 위해 가장 우선시 되어야할 과업이다.

우리나라의 빅데이터 전문 인력은 성장하는 시장 규모에 비해 턱없이 부족하다. 한국정보화진흥원의 2015 빅데이터 시장 현황 조사에 따르면, 2018년에는 전문 인력을 기존의 약 2.2배로 증가시켜야 한다고 밝혔다. 한국데이터진흥원의 '2016 데이터 산업 백서'에서는 국내 데이터 직무 종사자 약 10만 명 중 전문 인력이 1.3%(1천 300여 명)에 불과한 것으로 나타났다.

국가별 인재 영입 전쟁까지 합세하여 자국의 많은 인재들이 해외로 유출되고 있다. 한국의 인재 유입 능력은 세계 49위에 그쳤으며, 두뇌 유출 지수는 46위로 집계됐다.

빅데이터 전문 인재 양성 시에 얻을 수 있는 효과는 '청년 실업' 해결이다. 우리나라의 2016년 청년실업률은 9.8%로

청년들의 사회적 불만이 높다. 이에 문재인 정부는 2017 예산안에서 청년일자리는 빅데이터 · 가상현실(VR) · 바이오 등의 글로벌 유망산업 위주로 투자한다고 발표했다. 실제로 '보건의료 빅데이터를 활용한 창업 아이디어 공모전'을 통해 진료정보, 의약품, 치료재료, 의료자원 정보와 4차 산업 기술을 융합한 아이디어를 발굴하고 보건 의료 분야 창업 인프라 구축을 위한 노력을 하고 있다.

영국은 초중등 교육 과정에 컴퓨팅 국가 교육 과정을 도입하였다. 오바마 정부는 '빅데이터 R&D 이니서티브'를 구성하고, 인력 양성에 대한 적극적인 투자 계획을 공표했다. 우리나라는 초기에 실무 중심의 재직자 교육을 중심으로 점차 심층적인 전문가 양성을 위한 정책 개발이 이루어져야한다.

기업은 대학과 기업을 연계한 프로그램을 활성화시키고, 경영자의 빅데이터에 대한 관심과 이해가 필요하다. 마지막으로 개인적 차원에서 기존의 안정적인 직종만을 추구하려는 가치관을 바꾸어 새로운 분야의 기술을 학습하려는 노력을 해야 한다.

동물실험을 해서는 안 된다

천예지

　현재 약을 개발하는 일에 많은 동물이 희생되고 있다. 동물을 가둬 두고 일부러 병에 걸리도록 한 뒤, 제조한 약을 동물에게 주입한다. 이렇게 실험을 했을 때 병이 치료되지 않았다면 다시 약을 제조해 실험용 동물에게 주입하여 경과를 본다.

　이 과정에서 쥐, 토끼, 원숭이, 개 등 여러 동물이 고통 속에 죽게 된다. 결국, 이 동물들은 사람의 이익을 위해 이용되는 것이다. 이런 잔인하고 비인간적인 행동 즉, 동물 실험을 해서는 안 된다.

　동물에게 실험하면 발생하는 문제들이 있다. 먼저, 동물 실험을 해 안전 검증을 받은 약을 먹거나 발랐다고 하더라도 인체에 부작용이 발생할 수 있다. 동물과 사람은 다른 종이고 병이 발생하는 과정과 증상, 치유법이 다르다. 그로 인해 동물과 사람이 공유하는 질병은 약 1.16%밖에 되지 않는다. 그러므로 동물의 몸에 약을 주입해 병이 치료되는 것을 확인했다 하더라도 같은 약을 인체에 주입했을 때에는 다른 반응이 일어날 수 있다.

한 사례로 독일의 한 제약회사에서 탈리도마이드라는 진통제를 출시했었고 동물 실험 결과 아무 이상이 없어 통과된 약이었다. 이 약은 임산부의 입덧 방지 효과가 있다고 알려져 많은 임산부가 복용하게 되었다. 그러나 탈리도마이드라는 약을 먹은 임산부로부터 팔다리 혹은 내부 장기가 없는 상태인 기형아가 태어났다.

이 사례를 보면 사람과 동물의 몸에 차이가 있으므로 동물 실험을 거친 약이라고 해서 사람의 몸에 좋은 효과를 주는 약은 아니라는 것을 알 수 있다. 이렇게 병을 치료하기 위해 약을 먹었으나 부작용이 발생한다면 더욱 심한 병에 걸려 고통 받을 수 있다.

그리고 실험에 사용된 동물들의 관리가 잘못되면 바이러스가 퍼질 수 있다. 약 개발을 위해 감염시킨 동물이 탈출하거나 잘못된 실험동물 처리로 인해 바이러스가 유출된다면 이른 시일 내에 바이러스가 퍼지게 된다. 그렇게 된다면 전 세계가 위험해질 수도 있다.

또한, 먹이 사슬의 불균형으로 인해 생태계 혼란이 발생할 수도 있다. 야생의 동물을 포획하여 그대로 실험에 사용하는 때도 있다. 그로 인해 포획된 동물의 개체 수가 줄어들게 되고 그 동물이 섭취하는 생물의 수는 늘어나게 된다. 이렇게 먹이 사슬의 불균형이 일어나게 되면 생태계에 혼란이 발생한다.

이러한 문제들을 해결하기 위해 많은 사람이 동물 실험 대체 방안을 모색하였고 여러 대체 방안들이 마련되었다. 그 중 인간의 피부 표피를 배양하여 제작한 인공 피부를 이용해 동물 실험을 하지 않고 독성을 평가하는 방안이 있다. 그리고 줄기세포나 장기 세포에서 분리한 세포를 배양하거나 재조합하여 만든 실험용 소형 장기인 오르가노이드를 사용하는 방안도 있다.

동물 실험 과정에서는 환자의 종양세포를 채취해 실험용 동물에게 이식하고 약물을 투약하여 효과가 있을 때 임상시험에 도입했다. 하지만 이 과정을 오르가노이드로 대체하면 임상시험에서 상반된 결과가 나오는 것을 피할 수 있어 실험 시간을 단축할 수 있다.

앞으로는 이런 대체 방안을 시행해 동물 실험을 하지 않도록 해야 하고, 사람의 이익을 위해 동물들을 희생시킨다면 결국 사람에게 피해가 되돌아온다는 것을 명심해야 한다.

기행문

포항 시립미술관을 다녀와서_ 권민지

세 평 하늘 아래_ 김연주

부산 여행기_ 박고은

일본을 경험하다_ 이지윤

울릉도 우정 여행_ 정소윤

포항 시립미술관을 다녀와서

권민지

　방학 동안에 의미 있는 문화 활동을 하나쯤 해보아야겠다 싶어 고민하고 있던 찰나, 친구로부터 문자가 왔다. 학교 과제도 할 겸 포항 시립미술관을 가보는 게 어떻겠냐고 말이다. 사실 미술관을 가본 적이 많지는 않지만, 포항 시립미술관은 가기에 부담스러운 거리에 있는 것도 아니었고 미술작품을 감상해 보는 경험에 설렘을 느껴 그 제안을 선뜻 받아들였다.

　주말답게 미술관은 사람들로 북적였다. 약속 시간보다 일찍 도착해 친구를 기다리며 전시 안내를 찬찬히 읽어보았다. '봄, 그리고', '이상한 사물들', '역대 장두건 미술상 수상작가전', '진화의 비밀'로 총 4개의 전시 테마가 있었다. 내 발걸음이 제일 먼저 향한 곳은 '이상한 사물들' 전시관이었다.

'이상한 사물들', 제목의 글자가 뒤집혀 있는 것이 인상적이었던 이 첫 번째 전시에서는 제목 그대로 이상한 사물들을 볼 수 있었다. 어딘가 공허해 보이는 운동장 트랙의 사진, 문을 내어 들어갔다 나갔다 할 수 있도록 해 놓은 신비한 분위기의 물탱크, 바닥에 설치된 다각형의 거울 등 그곳에 전시된 사물들은 어딘가 묘한 분위기를 자아내며 보는 사람으로 하여금 알쏭달쏭하게 하였다. 설명을 읽어도 의미 파악이 제대로 되지 않아 계속 찜찜하였지만 '이상한 사물들'의 두 번째 전시관에서 키네틱 아트 작품을 발견하고는 반가움과 신기함에 흥분되기도 하였다.

키네틱 아트에 대해 학교 국어 시간에 비문학 지문으로 배웠기 때문이다. 경쾌하게 움직이는 키네틱 아트 작품을 감상하고 그 작품에 대한 설명을 찬찬히 읽어보며 예술에 대한 지식을 갖추고 작품을 감상하는 것과 그렇지 못한 채로 감상하는 것은 확실히 차이가 있다는 것을 깨닫게 되었다.

두 번째 전시, '진화의 비밀' 전시관에서는 커다랗고 복잡한 기계를 볼 수 있었다. 전시 제목의 '진화'라는 단어에 흥미를 느껴 그와 깊은 관련이 있는 작품이겠거니 하는 생각하며 큰 기대를 품고 있었는데, 예상 외로 강철과 스테인리스강 등으로 된 차가운 기계의 작품이라 놀랐다. 그러나 그만큼 작가가 저 기계를 통해 어떤 진화의 비밀을 말하고 있는지 더욱 궁금해졌다.

물론 작품 해설 또한 어려워 제대로 된 이해를 할 수는 없었으나 해설을 읽고 난 후 다시 작품을 감상하자 또 다른 것들이 보이기 시작했다. 처음에는 단순한 기계 덩어리 구조물로만 보였지만 다시 보니 작품의 끝에 나무 형상을 띠고 있는 부분을 발견할 수 있었다. 신기하여 더 자세히 관찰하자 그전에는 파악하지 못했던 쇠에 반사된 아름다운 빛, 기계를 이루는 쇠기둥의 곡선의 아름다움, 모터가 달려 돌아가는 기계의 접합 부분에서 알 수 있는 설계의 조밀함 등을 계속 새로 발견해나가며 새로운 의미를 부여해 나갈 수 있었다.

예술 작품은 '아는 만큼 보이는 것' 이라는 깨달음에 이어 면밀한 관찰이 작품 감상에 있어 매우 중요하다는 깨달음 또한 얻었다.

세 번째로는 '봄, 그리고' 전시관에 갔는데 전시 제목에서 알 수 있듯이 모두 봄 느낌이 물씬 나는 그림을 볼 수 있었다. 섬세한 표현과 독특한 시각으로 그려진 어딘가 정겹고 아련하기도 한 이 그림들을 감상하며 담백하고 소박하지만 또 설레고 찬란한 듯 한 느낌을 받았다. 한국적 정취를 따뜻한 느낌으로 담아낸 작품들이 인상적이었다.

마지막으로, 역대 장두건 미술상을 수상한 작가들의 작품 전시관에 갔는데, 아름답고 좋은 작품들이 많았다. 특히 최지훈 작가의 아크릴화 두 점이 정말 인상적이었다. 인물을 하이퍼 리얼리즘 기법으로 그려낸 작품들인데 정말 사진으로 착각하는 것이 당연할 정도로 사실적이었고 매우 정교하게 그려져 있었다.

또한 이병우 작가의 망개를 그린 그림도 정말 아름다웠다. 특히 매우 세세하고 입체적으로 그려진 열매들이 감상에 있어서 눈이 즐거운 요소 중 하나였다. 그 밖의 다른 작품들도 다 아름다웠고 감탄을 불러일으켰다.

사실 미술관은 어려운 곳, 예술적 감수성이 풍부한 사람들만이 즐길 수 있는 곳이라는 생각을 가지고 있었다. 그러나 막상 미술관에 와보니 작가의 의도를 완전히 이해할 수는 없더라도 작품을 감상하는 것 그 자체를 즐길 수 있게 되고, 그 작품에 나만의 관점을 가지고 접근하며 사유하여 새로운 의미를 부여하는 과정이 나도 몰랐던 내 생각들을 인식하고 정리할 수 있는 좋은 시간인 것 같다.

이렇게나 흥미롭고 좋은 곳이 미술관인데, 예술에 대해 어려운 생각을 가진 것이 그동안 가까운 곳에 미술관이 있음에도 불구하고 많이 와보지 않게 된 까닭이 아닌가 싶었다. 미술관에 다녀온 후 작품 감상도 좋았지만, 미술관과 예술에 대한 나의 인식이 달라졌음에 큰 의미가 있는 것 같아 뿌듯하다. 앞으로는 정기적으로 미술관에 가보는 것도 나쁘지 않을 것 같다는 생각이 든다

세 평 하늘 아래

김연주

오전 9시 30분, 눈을 비비며 막 일어나 티비 리모컨을 손에 쥐던 찰나에 엄마가 한마디를 내던졌다. "기차여행 갈까?" 딱히 할 일도 해야 하는 것도 없지만 시험 3주전 왠지 모르는 기분 찝찝함에 어물쩡 대답했지만 '효율적으로 하자.' 는 자기합리화 하에 오 분만에 답을 바꾸고 "그러자." 를 외쳤다. 그렇게 오전 10시에 집을 나서 목적지를 물어보니 '승부역' 이 목적지랬다.

보통 기차여행을 가도 부산을 가면 부산이라 하고 춘천을 가도 춘천이라 하는데 하필 왜 목적지에 '역' 이 붙었는지 그때는 이해하지 못하였다. 여튼 '역' 이 붙는다는 것과 약 왕복 4시간의 기차여행은 나를 굉장히 설레게 했다. 특히 평소 정상적인 얘기 나눌 틈이 없었던 엄마와 떠나는 여행

이기에 헤벌죽하며 떠났다.

경주역이 출발지이기에 경주로 가 시장에서 떡볶이와 김밥, 잡채를 먹고 배를 든든히 채워 기차에 올랐다. 꿀꽈배기와 가방 하나 메고 자리를 잡고 앉았다. 왼쪽에 보이는 경주역의 기와와 오른쪽에 보이는 엄마 얼굴에 내 얼굴 표정이 또다시 헤벌죽해졌다.

알쓸신잡에서 한번 들은 적 있듯이 사람이 공간을 이동할 때 느끼는 기분이란 정말 복잡한 것 같다. 그리고 그 기분이 긍정과 부정을 왔다 갔다하기에 우리가 여행 에세이, 사진, sns 등을 통해 많은 것을 간접적으로 볼 수 있지만 직접 여행을 두 발로, 두 눈으로 느끼러 떠나는 것 아닐까. 매체는 글쓴이의 감정과 경험을 전해주지, '나'의 감정은 모르기 때문에.

원래는 2시간이었지만 지연으로 인해 조금 더 길어진 2시간이 조금 넘는 시간 동안 다양한 것을 보고, 듣고 얘기 하였다. 이어폰을 꽂고 지나가는 풍경을 보고, 특히 철도가 도시보다는 시골을 중심으로 나 있었는데 파란 하늘에 한 노부부가 밭에 앉아서 쉬는 모습이 인상 깊었다.

기차 안에서 옆자리의 대학생 3명이 바리바리 싸들고 떠나는 캠핑을 볼 수 있었고, 맨 뒷자리에서 꼬맹이들이 속닥속닥 거리는 것을 들을 수 있는 정말 이상적으로 평소에 생각하는 기차의 모습이고, 냄새고, 분위기였다. 이런 분위기에서 엄마와 친구, 학교, 회사, 엄마 상사 뒷담, 다단계 등 다양한 얘기를 나누고 지칠 때 쯤이면 책을 읽곤 했다. 물론 오래가진 못하였다.

아, 또한 화장실이 가고 싶어 화장실에 가니 막 나오던 사람이랑 눈이 마주쳤는데 그 분이 '하핫' 이라고 웃으며 "여기 들어가시면 안돼요"라 말할 때의 그 공기의 뻘쭘함에서 인간은 얼마나 감정적인 동물인가를 느낄 수 있었다.

2시간이 조금 넘는 시간을 탄 기차에서 내렸다. 여름과 가을 사이 느낌의 하늘이 보이고 생각보다 세게 바람이 불었다. 그리고 바로 하늘을 쳐다보았다. 왜냐하면 승부역의 다른 별명이 세 평 하늘인데, 그 이유가 하늘을 올려다봤을 때 산에 가려 단 세평만의 하늘이 보이기 때문이다. 그만큼 산이 사방을 둘러싸고 있는 곳이다. 그럼 얼마나 산골짜기인지 상상이 가시는가. 그렇기에 승부역에 도착한 뒤 정확히 30분 뒤에 단 한 번만 운행하는 기차가 운행되고 있어, 우리에게 주어진 시간은 단 삼십 분이었다. 삼십 분의 시간 동안 주위를 둘러보자 그때 알 수 있었다.

왜 승부역이 승부가 아닌 '승부역' 이라 불리는지. 이유는 단순했다. 정말 역밖에 없다. 주위가 산이었고, 앞이 강가였고, 산악자전거 동호회 사람들이 막걸리를 들이키고 있었고, 역이 그 중심에 우두커니 서있다. 정말 그것이 다였다. 깔끔해 보이면서도 묘하게 복잡하게 보이는 마을이었다. '마을'이라 부르기도 조금은 미안했다. 보통 '마을'하면 집과 주민과 매점이 보여야하는 것인데 어쩐지 그 어느 것도 존재하지 않았다. 하지만 그랬기에 그 분위기가 너무 좋았다.

하늘이 세 평이라는 뜻은 단지 하늘이 세 평만이 아니라 그 마을이 가진 매력이 세 평 같은 단순함, 그리고 그 안에서 나오는 여행자들이 남긴 세 평 보다 훨씬 넓은 자국들을 엿볼 수 있었다.

하지만 이 역에서, 이 마을에서 할 수 있는 것은 생각보다 많다. 동호회분들이 막걸리 마시는 것을 구경하고, 하늘을 보고, 마을길을 걷고, 구름다리를 건너고, 벤치에 앉았다가, 약수물도 마시고, 가만히 물 흘러가는 것도 보고. 사소한 것도 두리번두리번거리며 걷는 것은 뭐든 좋았다. 무엇보다도 강과 산을 바라보며 먹은 감자전과 사이다는 잊지 못할 것이다.

어느새 삼십 분이 다 되어 경주역에서처럼 부른 배 두드리며 기차에 탈려고 하니 연착되었다는 방송이 나와 급히 신나 엄마와 다리에 올라와 사진을 찍으니 이번 여행에서 가장 마음에 드는 사진이 탄생하였다. 그렇다. 역시 인생은 '운 빨' 이차저차하여 막걸리 거하게 한잔하신 동호회 분들과 함께 기차에 올라타 뒤에서는 그들의 술타령을 들으며, 앞에서는 네 명의 꼬맹이들의 지치지 않는 수다를 들으며 정신없이 달려왔다.

생각보다 인상 깊었고 골짜기였고 엄마와 함께여 좋았다. '역' 이라는 새로운 느낌이 신선했다. 그리고 무엇보다 산과 강과 하늘은 생생하게 살아있었다. 마침으로 승부역을 대표하는 시를 같이 적고 싶다.

승부역은

하늘도 세 평이요

꽃밭도 세 평이나

영동의 심장이요

수송의 동맥이다

부산 여행기

박고은

　2017년 8월 27일 일요일 같은 반 친구 3명과 문학기행을 위해 부산으로 떠났다. 처음은 대구를 가기로 하고 장소를 탐색하다가 사회 선생님의 부산 여행 이야기에 매료된 친구가 목적지를 부산으로 바꾸는 건 어떨까하고 제안해서 부산에서 우리가 가려고 하는 목적에 맞는 장소를 열심히 찾아봤다. 우리의 최종 결과는 반 고흐 라이브 전시관을 가는 것과 소극장 연극을 보는 것으로 정해졌다. 목적지의 주소를 구체적으로 알아보고 표를 예매하는 등 미리 필요한 준비를 모두 끝내 놓고 설레는 마음으로 일요일 아침 부산으로 출발했다.

　우리의 첫 번째 목적지는 영화의 전당 1층에 열리는 반 고흐 라이브 전시관이었다. 버스를 타고 부산을 도착하니 제일 먼저 오늘 가야 할 곳들을 잘 찾아갈 수 있을지 걱정이 됐다. 그렇게 걱정을 하던 중 친구 한 명이 자신이 길 찾아 다니는 걸 좋아하니 책임지겠다고 자신만 믿고 따라오라고 해서 그 친구만 믿고 따라 가기로 했다.

그렇게 안심하고 난 후 지하철을 타는 곳으로 향했다. 그런데 영화의 전당까지 가려면 환승을 해야 했다. 처음 경험하는 지하철 환승에 당황하고 정신이 없었지만 무사히 내려야 할 역에서 내려서 영화의 전당까지 이동했다. 지하철역에서 조금 멀어서 더운 날씨에 걸어가기 조금 힘들었지만 영화의 전당에 도착하니 그런 기분은 사라졌다. 바깥에 세워 놓은 스파이더맨 같은 히어로들을 먼저 구경하고 건물 안으로 들어갔다.

1층에는 기념품점과 반 고흐 라이브 전시관이 있었다. 우리는 먼저 반 고흐 라이브 전시관에 먼저 입장하기로 했다. 표를 검사하고 들어가니 벽면에 반 고흐의 생애가 쭉 적혀 있었고 예술가들의 유명한 말도 걸려있었다. 생애를 쭉 읽어보고 본격적으로 작품 감상에 돌입했다.

반 고흐의 작품들은 생각보다 훨씬 많았다. 모두 감상하고 나오니 한 시간도 넘게 걸렸다. 정말 많은 작품들이 있었지만 '아몬드나무', '해바라기', '고흐의 자화상', '별이 빛나는 밤', '고흐의 방' 등 유명한 작품들이 눈에 띄었다. 특히 고흐의 방은 그림을 실제로 재현해 놓은 공간도 있었다.

또한 세심하고 색감이 너무 예쁜 작품들도 많이 눈에 띄었다. 그 중 내가 가장 감명을 받았던 작품은 '별이 빛나는 밤'과 '고흐의 방'이었다. 옛날부터 정말 아름답다고 생각했고 좋아했던 작품이라 다른 작품들을 감상했던 시간보다 그 두 작품을 앞에 두고 감상했던 시간이 비교적 길었던 것 같다.

거기 있던 작품들은 다 복사를 한 작품이라 그림에 세심한 표현이 드러나지 않을 줄 알았는데 복사를 했음에도 불구하고 놀라울 정도로 세심하게 표현되어 있었다. 그것에 감탄하면서 실제 작품은 얼마나 세심하고 아름다울지 상상이 가지 않았다.

반 고흐라는 사람이 존경스럽게 보이기 시작했다. 또한 나는 반 고흐 그림의 주제들이 같은 사람이 그린 것이니 다 비슷한 느낌일 줄 알았는데 시기별로 주로 그렸던 것들이 달라지는 것을 보고 예술이란 역시 사람의 생각과 감정과 그의 일생을 정말 많이 담고 있다는 것을 크게 느꼈고 예술에 대한 애정이 더욱 깊어졌다.

나는 사실 반 고흐라는 사람을 일부만 알고 있던 터라 그의 작품에도 기대를 많이 하지 않았다. 그리고 그림을 감상할 기회가 별로 없어서 그림을 감상하는 것에 관심도 별로 없었던 게 사실이다. 그러나 이번에 반 고흐의 그림들을 감상하고 나서 그림을 감상한다는 것이 얼마나 흥미롭고 내 마음을 편안하게 해주는 것인지 다시 느끼는 계기가 되었다. 그렇게 그림을 감상하는 것이라는 새로운 경험을 하고 새로운 기분을 느끼면서 생각이 더 깊어진 것 같았고 내 감성에 새로운 한 부분을 미술 작품이 차지하게 되었다.

반 고흐 라이브 전시관에서 반 고흐의 작품 감상을 다 마치고 난 후 영화의 전당 주위를 둘러보다 외부 상영관을 발견하고 잠시 구경을 하다 점심시간이 훌쩍 넘은 시간에 근처에 있는 식당을 찾아 점심을 먹으러 이동했다. 오래 걸어서 지친 몸을 이끌고 점심을 먹으면서 잠시 쉬고 곧바로 우리가 가야할 소극장이 있는 남포동으로 이동했고 이번에도 역시나 지하철을 환승했다.

남포동에 도착해서 시간을 보니 연극이 시작하려면 시간이 꽤 남아서 일단 극장의 위치를 찾아놓고 주변을 구경했다. 근처에 카카오프렌즈샵이 있어서 그 안을 구경하는 것에 남은 시간을 보냈다. 일요일이라 그런지 발 디딜 틈 없이 사람이 정말 많았다.

그렇게 행복하게 구경하다 보니 연극 시간이 가까워져서 소극장으로 이동했다. 소극장 연극을 예전에도 몇 번 관람한 적이 있었는데 그때마다 관객들과 소통하면서 연극을 이끌어나가는 배우들이 정말 멋있어 보였다. 그래서 잔뜩 기대를 하면서 연극이 시작하기를 기다렸다. 배우들 중 한 명이 나와서 분위기를 띄우고 드디어 '어바웃 타임'이 시작

됐다.

연극의 내용은 남자 주인공이 교통사고를 당한 후 후유증 때문에 기억의 일부를 잃고 몇 년간 병원에서 있으면서 벌어지는 일이었다. 여자 주인공인 의사가 남자 주인공에게 상담을 요청하고 자신 때문에 자신의 남자 친구가 크게 다쳐서 아직 완전히 회복하지 못했다는 내용의 이야기로 연극을 이끌어갔다. 과거 회상 장면이 중간중간에 많이 나오고 현재로 돌아왔을 때는 주변 사람들과 벌어지는 일을 재미있게 풀어냈다.

나는 처음에 여자 주인공의 남자 친구가 남자 주인공이어서 남자 주인공의 잃어버린 기억을 되찾아주기 위해 돌려 말하는 것이라고 생각했다. 그래서 결국 남자 주인공의 기억이 돌아와 해피엔딩으로 끝날 줄 알았다.

그런데 그렇게 연극을 이끌어가다가 갑자기 남자 주인공이 사실은 몇 년 동안 깨어나지 못한 식물인간이었고 며칠 동안 잠시 좋아져서 희망을 가졌으나 모든 것이 멈추면서 남자 주인공이 사망했다는 목소리가 들려왔다.

사망한 남자 주인공 옆에서 여자 주인공은 미안하다고 다 자신 때문이라고 오열한다. 전에 나왔던 모든 내용은 현실이 아니었던 것이다. 나는 아직도 그 전의 내용이 남자 주인공이 혼수 상태에 빠져 있을 때 꾼 꿈의 내용이었는지 주변 사람들의 바람이 만들어낸 꿈이었는지 여자주인공의 환상이었는지는 완전히 이해하지 못했다. 그래서 그 부분이 이해가 잘 안 되서 친구들을 봤는데 나랑 한 친구를 제외하고 두 친구가 울고 있어서 그 때 정말 많이 혼란스러웠다.

　나만 이해가 안 된 것 같고 내가 감정이 메마른 사람 같고 그래서 조금 당황스러웠다. 그렇게 연극이 끝나고 포토타임에 배우들이랑 친구들이랑 다 같이 사진을 찍고 나와서 연극 본 후기를 말하기 시작했다. 제일 먼저 결말이 이해가 되냐고 물어보니 친구들도 결말이 이해가 안 된다고 해서 속으로는 다행이라고 생각했다.

　내용을 다 이해하지는 못했지만 나는 소극장 연극을 본 것 자체가 정말 좋았다. 극장도 넓고 관객과 배우 모두 많은 연극에서는 볼 수 없는 배우와 관객의 직접적인 소통이나 마치 내 앞에서 벌어지는 일을 구경하는 것처럼 실감나게 연극을 관람할 수 있는 것 등 이런 장점들이 정말 좋은 것 같다.

　사실 소극장 연극은 내가 친구들한테 제안을 해서 친구들이 흔쾌히 좋다고 해서 결정된 것이다. 친구들의 반응도 너무 좋아서 열심히 찾았던 게 뿌듯해졌다. 친구들이 연극을 마치고 나오면서 다음에는 진짜로 우리끼리 놀러와서 연극을 꼭 다시 봤으면 좋겠다고 했다.

　저녁시간이 되어 우리는 먹을거리가 많은 골목을 찾으러 다녔다. 부산을 오기 전에 계획할 때 저녁은 꼭 남포동의 꽃인 먹을거리가 많은 골목에서 먹자고 약속했기 때문에 그 골목을 찾아다니는데 조금 많이 헤맸다.

시간이 많이 지체 되고 먹을 것도 너무 많고 사람도 너무 많아서 먹고 싶은 음식을 되도록 빨리 정해야 해서 온전히 즐기지 못했다. 그렇게 하나씩 먹을 것을 들고 지하철을 타러 갔는데 친구가 학생증 겸 교통카드를 잃어버렸다고 했다. 그 친구는 학생증에 돈도 꽤 들어있었고 학생증이니까 걱정이 돼서 어쩔 줄 몰라 했다.

하루 종일 우리의 장소 이동을 책임진 친구가 울고 하는 걸 보니 속상했다. 그래서 카드니까 정지시키고 재발급 받으면 된다고 안심을 시켜주면서 지하철을 탔다. 지하철을 타고 환승도 하고 버스터미널까지 이동하는데 친구가 갑자기 문제가 생겼다고 한다. 막차가 출발하기까지 남은 시간이 정말 얼마 없다고 하는 것이다.

지하철이 버스터미널 역에 도착했을 때 정말 버스가 출발하기까지 5분 정도밖에 남지 않아서 힘들지만 다음날 학교도 가야하고 꼭 막차를 타야 했기 때문에 죽을힘을 다해 뛰어 표를 사서 버스에 타는 데 성공했다. 그렇게 우여곡절 끝에 무사히 포항에 도착했고 다들 무사히 집에 도착했다. 자신만 믿으라고 했다고 아무도 길을 같이 찾아보지 않았고 불신만 가득했던 중에도 우리의 길 안내를 책임져준 친구에게 너무 고맙고 미안했다.

발목 다친 것이 덜 나아서 아프고 힘든 것을 다 이해해주고 배려해 준 다른 친구들에게도 너무 고맙다. 하루 종일 걸어서 힘들었을텐데 자리가 나면 나부터 앉으라고 해주고 중간중간에도 발목 괜찮냐고 좀 쉬었다 갈까하고 물어봐 주고 계속 신경을 써줘서 고맙고 발목이 덜 나아서 친구들한테 피해를 주는 것 같아서 미안했다. 그래도 아니라고 괜찮다고 해준 친구들에게 정말 고생했다고 말해주고 싶다.

일본을 경험하다

이지윤

나는 평소에 일본을 너무 좋아했고 꼭 일본에 가고 싶어 했다. 그러다 우연한 기회로 걸스카우트에서 일본 나라현을 가게 되었다. 사실 여행은 아니라 야영과 홈스테이를 하러 간 거지만 여행가는 듯 매우 설레고 좋았다. 일본 가면 하고 싶은 거, 사고 싶은 거, 전부 적어놓기도 했다.

아침 일찍 대구공항에 집결해서 10시 30분에 비행기에 탔다. 4박 5일 동안 일본사람들과 지낼 걸 생각하니 엄청 기대됐다. 두 시간을 날아서 오사카 공항에 도착했다. 사실 내가 그토록 가고 싶어하던 일본에 있다는게 실감이 나지 않았다. 버스를 타고 야영지로 이동하면서 간판이나 차들을 보니까 그제야 실감이 조금씩 났다. 내가 처음으로 본 일본은 일본 드라마 속, 만화 속, 영화 속 모습과 똑같았다. 일본 특유의 따뜻함과 여유로움이 느껴졌다. 야영장에 도착하니까 일본 걸스카우트 대원들이 우리를 반겨주고 있었다.

첫째 날은 어색하게 지나갔지만 그 뒤로는 하루하루가 즐거웠다. 시니어 친구들이나 주니어 애들이나 브라우니 애들은 한국인이지만 일본어를 할 줄 아는 내가 신기했는지 내 주위로 몰려들었다. 그리고 다시 한 번 한류의 힘을 느낄 수 있었다.

내 친구 와카나는 송중기를 엄청 좋아하고 나츠키는 트와이스를 엄청 좋아한다. 특히 나츠키는 트와이스랑 한국을 너무 좋아해서 한국어를 배우고 있다고 한다. 괜히 내가 다 뿌듯했다. 한국 걸스카우트 대원들은 거기서 부채춤 공연도 했다. 잘 추지는 못 했지만 한국의 아름다움과 멋을 알린 것 같아서 자랑스러웠다.

공연을 한 날은 한국 문화를 일본 친구들과 함께 나눴다. 그리고 그 다음날은 일본의 날이라서 유카타도 입고 일본 축제 체험도 했다. 다리 아프고 덥고 힘들었지만 그 만큼 재미도 있었다. 아무 데서나 경험할 수 없는 걸 할 수 있어서 좋았다.

야영지에서의 마지막 날은 정말 괴로웠다. 이렇게 정든 친구들과 헤어져야 한다니…. 다시 못 만날 건 아니었지만 왠지 그럴 것 같아서 슬펐다.

이렇게 아쉬움을 뒤로 한 채 우리는 하이바라역으로 가는 버스를 탔다. 한참을 울고 나니까 도착해 있었다. 거기서 열차를 타고 나라현으로 가서 미치코 아주머니를 만났다. 미치코 아주머니는 나의 홈스테이를 책임져 주실 호스티스였다.

 일본에 오기 전에 아주머니와 메일을 했었는데 그때 받은 사진보다 훨씬 젊어 보이셨다. 30분 정도 차를 타고 가니까 아주머니 댁에 도착했다. 집 안에는 아주머니의 첫째 딸인 마키 언니와 마키 언니의 아들인 유우키군이 있었다. 엄청 어색할 줄 알았는데 아니었다.

 짐을 풀고 간단한 과자를 먹고 우리는 유라라장이라는 야외 온천에 갔다. 야외 온천이라는 말에 적지 않게 당황했지만 이것도 새로운 경험이고 재미있을 것 같아서 간다고 했다. 역시 잘 되어 있었다. 나른해진 몸으로 우리는 온천 안에 있는 식당에 가서 저녁을 먹었다. 카츠카레를 시켰는데 한국 카츠카레와는 확실히 뭔가 달랐다. 밥을 먹고 나오니까 벌써 어두워져 있었다. 일본의 밤은 한국의 밤과 또 달랐다.

 다음날 우리는 아침부터 나라공원에 갔다. 나라공원은 사슴으로 유명한데 역시나 사슴 밭이었다. 공원 근처 어디든 사슴들이 있었다. 일본에 오기 전에는 사슴공원에 꼭 가고 싶었고 사슴들도 너무 귀여워 보였는데 막상 와보니까 생각보다 너무 크고 무서웠다. 사슴들을 뒤로하고 동대사라는 엄청 큰 절에도 갔다.

그리고 쇼핑을 하러 다이소와 나라현 쇼핑센터(?) 그런 곳도 갔다. 땀을 엄청 흘려서 집에 와서 씻고 나라현 걸스카우트 20단끼리 웰컴 파티 겸 굿바이 파티를 하러갔다. 파티를 하면서 맛있는 것도 많이 먹고 유카타를 입고 불꽃놀이도 하고 엄청 재미있는 시간이었다.

드디어 마지막 날, 아침에 미치코 아주머니와 함께 열차를 타고 공항버스 타는 곳으로 갔다. 점점 헤어져야 할 시간이 다가오니까 나도 모르게 눈물이 났다. 공항행 버스가 오고 아주머니와 작별 인사를 했다. 안 울겠다고 참았는데 아주머니가 우시자 나도 눈물이 났다. 어제 밤에 쓴 편지를 드리고 꼭 다시 오겠다고 나를 절대 잊지말아달라고 했다. 그리고 나는 한국 행 비행기를 타고 한국에 왔다.

나의 첫 일본은 엄청나게 성공적이었다. 새로운 경험을 하고 새로운 인연을 맺고 많은 것을 배워가는 것 같아서 기뻤다. 그리고 내가 그곳에 있었다는 것이 아직까지도 꿈같고 믿겨지지 않는다. 내 일본어 실력이 부끄러워서 아주머니와 언니한테 말을 많이 걸지 않았고, 쑥스러워서 같이 사진 찍자는 말도 못 했다. 지금 생각하면 왜 그랬나 싶다. 그것도 다 추억일 텐데. 그렇지만 다시 못 만날 것도 아니니까 다음에 만나면 이번에 못한 말과 못한 것들을 전부 해야겠다.

일본어를 완벽하게 구사할 줄 몰라서 나의 고마움을 모두 표현하지 못했지만 나중에 가게 되면 일본어를 좀 더 열심히 공부해서 그때의 고마움과 지금의 고마움 모두 다 표현하고 싶다.

처음에는 걸스카우트 단원 중 고1이 나 뿐이라서 가지말까 고민도 많이 했지만 가서 정말 좋았고 행복했고 많은 걸 얻을 수 있어서 기뻤다. 이런 소중한 기회를 나에게 준 하늘에 감사하고 갈 수 있도록 허락해 준 부모님께 감사하다. 일본에서의 4박 5일은 평생 잊지 못할 것이다.

울릉도 우정 여행

정소윤

　나의 친구 중 한 명이 울릉도 출신이었는데 친척이 울릉도에 계셔서 중학교의 막바지에 나와 나의 친구들은 울릉도에서의 추억을 하나 만들게 되었다. 친구들이랑 경주, 대구, 서울은 가봤지만 육지를 떠나 섬에 가는 건 처음이었다. 게다가 하루 이틀도 아닌 3박 4일 정도를 보내게 되니, 우리에게 있어서 엄청난 규모의 여정이었다.

　섬에서 맑은 날은 잘 보기 힘들다고 하는데 마치 우리가 울릉도에 온 것을 반겨주기라도 하듯 4일 내내 좋았던 날씨였다. 그 덕에 울릉도 곳곳의 아름다운 색깔들을 내 기억 속에 담을 수 있었다.

　섬에 오니 확실히 육지와는 많이 다른 느낌을 받았다. 화산섬이라 배에서 내려 조금 걷다보면 절벽이 보였고, 가는 곳곳의 길이 거의 가팔랐다. 내가 있던 곳과 달랐지만, 불편한 길들이 많았지만 아름다워서. 정말 너무 아름다워서 급한 오르막을 올라가는 내 두 다리가 힘들어 지치는지도 몰랐다.

울릉도에서 들려오는 소리들은 전부 듣기에 좋았다. 도시에서 흔히 듣는 자동차나 사람 소리도 들리긴 하지만 그 조차도 소박하고 귀가 즐거운 소리였다. 소음이 아니었다.

해안도로를 따라 차를 타고 달려 곳곳에 있는 코끼리바위, 마녀 바위 등을 보았다. 그리고 관음도에 갔었다. 정확히 말하면 관음도와 울릉도를 이어주는 다리의 앞쪽에서 사진만 찍고 왔다. 우리가 늦게 가서 시간이 그리 없었기 때문에 관음도까지는 가지 못했었다. 대신에 산책로와 다리위에서 울릉도를 마음껏 음미했다. 발걸음을 내딛는 곳마다 다른 매력이 있는 울릉도였다. 그때는 점점 어두워지기 시작하던 때였다.

한창이던 더위가 저물고 그늘이 지며 바닷바람이 불어왔는데 그 좋은 곳에서 내가 가장 소중히 여기는 친구들과 아름다운 경관을 보며 예쁘게 시간을 보낸다는 사실에 정말 행복했다. 사실 울릉도에서 '별로다.' 할 곳이 없었다.

나는 울릉도에서 가장 좋았던 곳을 꼽아 보라고 하면 바로 나리분지라고 말 할 수 있을 정도로 기억에 남는 장소이다. 나리분지는 인적이 드물고 고요했다. 동시에 마치 우리만 있는 듯한 느낌을 들게 했다. 해 질 녘쯤에 가서 나는 분명히 맛있는 명이나물 비빔밥을 먹고 있었는데 나리분지의 풍경을 더 풍부하게 맛 보는 것 같았다.

독도에도 다녀왔다. 울릉도와 독도는 생각보다 가깝다고 생각했는데 배를 타고가니 시간이 꽤나 걸렸다. 그런데 도착해서 처음 마주친 독도는 기다린 시간이 무색할 만큼 너무나도 청량했다. 여름을 잘 담고 있는 곳을 추천해 달라는 부탁을 받으면 독도를 이야기 해주고 싶을 정도였다.

가파르고 높은 계단들을 따라, 독도의 몸 이곳저곳을 따라 전망대와 같은 곳에 도착했다. 독도에서 유일하게 사진 촬영이 가능한 곳이 두 곳 있었는데 바로 맨 꼭대기와 선착장 부근이었다. 독도에 가던 날도 날씨가 정말 맑았다. 물론 햇빛이 너무 강해서 그날 찍은 사진 속의 나는 모두 눈을 조금씩 찡그리고 있었다. 그래도 사진에 담긴 독도의 풍경은 나의 만족을 뛰어넘을 정도여서 그 이상 바랄 게 없다고 생각했다.

다음 방문지는 울릉도 출신이었던 친구의 모교이다. 친구에게 의미 있는 장소인 만큼 함께 다시 방문해 보았다. 생각보다 훨씬 아기자기하고 귀여운 곳이었다. 학교 건물과 뒤쪽의 도서관이 다양한 색들로 채색되어 있었다. 그곳이 정말 예뻐 사진에 담고자 했는데 마침 미끄럼틀 쪽에서 보면 다채로운 건물과 푸른 나무를 함께 찍어낼 수 있는 구도가 만들어 졌었다. 그래서 우리는 얼른 미끄럼틀에서 콘셉트을 잡아

자세를 맞추기 시작했다. 마치 어린아이들이 노는듯한 상황을 연출한 것이다.

울릉도에 다녀온 것은 정말 꿈만 같은 일이었다. 한여름 밤의 꿈과 같달까? 언제 꺼내 보아도 예쁜 추억이었다. 몇 번씩 되새겨 보아도 더욱 더 행복해지는 기억들이었다. 지금은 기억이 조각조각 흩어져 몇 부분만 기억 남았지만 그 기억의 단편적인 조각들만으로도 날 행복하게 만들기엔 충분하다.

나는 계절을 좋아한다. 정확히 말하면 그 계절에만 볼 수 있는 것들을 좋아한다. 봄에는 벚꽃과 개나리, 여름엔 해바라기, 가을엔 코스모스, 겨울엔 동백꽃처럼. 더하자면 여름의 적란운과 가을의 높은 하늘도 동경한다. 이 때는 입학한 지 20일 정도 지난 뒤였다. 한창 고등학교에 적응하고 있던 시기였다.

그날엔 동네를 거닐다 꽃봉오리가 맺혀있던 나무를 발견했었다. 이름 모를 나무였다. 꽃이 활짝 핀 나무들은 많이 보았어도 이렇게 꽃봉오리만 맺혀있는 나무는 생소해서 다가 갔었다. 기대를 전혀 하지 않은 채 다가갔던 터라 가까이서 본 봉오리의 모습에 감탄하고 말았다. 꽃봉오리에 물들여져 있던 색이 내가 평소에 선호하던 색이기도 했고 여린 저 모습이, 꽃봉오리를 피우기 직전인 그 모습이 최고로 사랑스럽고 예뻐 보였다.

지금도 이렇게 예쁜데 꽃을 피우면 얼마나 더 화려한 자태를 보일까 궁금해 하던 동시에 꽃봉오리 또한 꽃을 피우기 전인 지금만 볼 수 있는 것이기에 더 아름답게 느껴졌다.

세상에 그 모습을 보이기 전에 준비하는 단계. 이 봉오리는 나와 비슷하다고 생각되었다. 얼마 남지 않은 십대의 끝자락에서 성인은 준비하는 과정, 고등학교, 열일곱의 나는 식물에게서 동질감을 느꼈다.

언젠가부터 나는 학생으로서 있는 시간들을 사랑하게 되면서 꺼리게 되었다. 어른들께서 모두 입을 모아 말씀하시곤 한다. 학생인 너희 때가 가장 좋은 때다. 교복 입고 공부 하는 게 제일 낫다. 등등. 지금 내 또래 아이들이 들으면 고리타분하다고 여길 수 있다. 워낙 많이 듣기도 했고 얼른 어른이 되고 싶어하니까.

하지만 나는 그렇지 않았다. 내가 좋아하는 사람들과 함께 있는 지금은 정말 즐겁기기도 하면서 미래는 너무나 막연하고 예측할 수 없다. 게다가 성인이 된다는 건 너무나 많은 책임감을 요구하기 때문에 그저 학생으로 남는 것도 괜찮지 않을까 생각했었다. 반면에, 어른들께서 말씀해주시는 어른들의 세계라던가, 20살이 넘어서야 알 수 있는 것들을 듣고 있으면 너무 힘들고 지치는 순간들이 많은 것 같았다.

그 순간들이 내게도 올 것이라는 걸 알고 기다리는 것도 고통스럽다. 그래도 다가오는 것을 거부할 수 없다. 그렇기에 영원히 힘든 순간들이 오지 않았으면 하는 철없는 생각들.

그 생각들 끝엔 지금 내가 할 수 있는 것을 해야지 하며 마음을 다잡는 내가 있었다.

아직 준비된 것이 없는데 그것도 모르고 성큼성큼 다가오는 성인이라는 단어가 나를 자꾸 위태롭게 만드는 것 같아 힘들다. 속상하다. 그러니 더욱 어떻게 해야 할지 모르겠다. 마냥 불안하고 걱정이 많을 지금, 나는 여전히 고민하고 있다.

나는 아무리 많은 풀 속에서도 네잎클로버를 찾을 줄 아는 사람이다. 우울하고 위태로운 상황들이 주어지면 물론 그 자체로는 힘들겠지만 나는 그 안에서 나만의 행복을 찾아갈 것이다. 그것조차 안 하면 정말 슬플 것 같으니까. 이왕 이 시간들을 보내는 거 나중에 기억을 떠올리면 그때 참 괜찮았지 하는 생각이 들면 좋지 않을까?

내가 지금 이 불완전한 시기를 지나 마침내 꽃을 활짝 피워냈을 때 미래의 내가 지금의 나에게 너 참 아름답다고, 힘듦과 위태로움 그리고 너의 고민 속에 그 시절에만 볼 수 있는 너의 아름다움이 묻어있다고 말해줄 수 있었으면 좋겠다.

우리가
함께 읽고
나눈 이야기

세상을 바로 볼 수 있는 힘_ 이가형 진다은 한지원 황정민
미래 사회와 유토피아에 대한 물음표 _ 이승아 이은솔 박초용
당신은 오늘도 뉴스에 ' 넋' 이 나가있군요
_ 신유나 이유정 이지윤
다른 생물에 대해 가져야 할 책임 의식의 필요성
_ 권민지 금지민 김수연 이연주 정소윤 천예지 최인정
안락사를 합법화해야 할까?_ 김연주 박은서   신도이 이경민
국가 간의 약속과 배려가 필요_ 이연주 신유나 진다은 이유정

세상을 바로 볼 수 있는 힘

『긍정의 배신』, 바버라 에런라이크, 부키

이가형 진다은 한지원 황정민

Q. 긍정도 어느 정도 삶에 필요하다고 보는데 이 책에서는 무한 긍정주의를 비판하고 있다. 그렇다면 이 책에서 허용하는 긍정의 범위는 어디까지일까?

⇒ 자기혐오를 하지 않을 만큼의 긍정은 최소한으로 가지고 있어야 한다. (필요 이상의 부정은 자신을 망친다.)

⇒ 이 책에서 말하는 것은 '부정적으로 살아라.'가 아닌 '비판적인 태도가 필요하다.'인 것 같다. 즉, 비판적인 태도로 대상을 바라볼 수 있을 때의 긍정적인 사고는 가능하지만 그냥 막연한 긍정 그 자체는 위험하다라고 이 책에서 말하고 있는 것 같다.

⇒ 극단적인 것은 피해야 한다. 너무 긍정으로 치우쳐서도

안 되고 부정으로 치우쳐서도 안 된다. 긍정적인 사고의 힘이 0퍼센트는 아니라고 생각한다. 따라서 이 부정과 긍정의 균형을 잘 맞추는 것이 가장 중요하다.

⇒ 긍정과 부정을 퍼센트로 나타낸다면 60:40이 가장 적절한 것 같다.

Q. 긍정의 배신과 반대되는 입장인 시크릿, 꿈꾸는 다락방 등의 책들에서는 커다란 긍정적인 사고를 통해서 좋은 결과를 얻게 된 사례들을 보여주고 있다. 그렇다면 이 책에서 긍정적인 사고를 통해서 얻어진 결과들과 사례들까지도 비판할 수 있을까?

⇒ 우리가 긍정적인 사고를 가지면 그걸 사고로 끝내는 것이 아닌 행동으로 실천을 해야 하는데 대부분의 사람들은 긍정적인 사고만 하면서 '문제들이 해결 될 것이다. 나아질 것이다'라고 생각하니까 이 책에서는 비판적인 사고를 통해서 행동의 동기부여를 해야 한다라고 보는 것 같다.

⇒ 앞에서도 말했듯이 현실에는 한계가 정해져 있는 데 노력은 하지 않고 긍정적인 생각의 힘만을 통해서 그것을 뛰어넘으려고 하는 것이다. 이 책은 이를 비판하고 있는 거지 그 결과 자체만을 비판하고 있는 것 같지는 않다.

Q. 이 책의 소제목에 '위기는 기회다.' 라는 것이 있었는데 과연 위기가 기회일까?

⇒ 여기에 대해서는 글쓴이의 생각에 동의한다. 위기라는 것이 좋지 않은 경험과 거의 같은 맥락의 단어인데 사람들이 예를 들면 죽음의 상황을 경험하고 난 뒤 잘 살아야겠다 열심히 해야겠다 라는 등의 이러한 좋지 않은 경험 을 통해서 동기부여를 받는 것은 모순이 있는 것 같다.
⇒ 위기의 높이가 너무 높아서 그걸 넘지 못했을 때에는 위기가 실패가 되어버린다.
⇒ 위기라는 것이 극복해 내면 기회가 되지만 극복해내지 못하면 그냥 위기 자체인 것 같다.

Q. 이 책은 어떠한 책일까? 전하고자 하는 바가 무엇일까?

⇒ 제목만 봤을 땐 부정적으로 살자 라는 책인 줄 알았는데 책을 읽어 보니 이 책에서 전하고자 하는 것은 지금 우리 사회에 뿌리깊게 박혀있는 '긍정적으로 살자.' 라는 생각들 자체를 조금이라도 비판하려고 했던 것 같다.
⇒ 지금 우리의 사회 자체가 휩쓸리는 경향이 큰 것 같은데, 긍정적인 힘들만 강조하는 그런 책들이 많이 팔리면서

우리 사회가 이러한 생각들에만 집착하고 있는 듯한 느낌이 든다. 긍정의 배신의 작가 또한 자신의 유방암을 통한 경험으로 이것들의 위험성 등을 뼈저리게 느끼고 이를 비판하려고 하는 것 같다.

⇒ 모든 것을 굳이 긍정적으로 생가하려고 하면 그것 또한 독이 될 수 있는데, 이런 부분에서 이 책을 보면 긍정적으로만 생각할 필요가 없다를 말하고 있는 것 같다.

⇒ 사고의 전환의 중요성을 알려주고 있는 것 같다.

Q. '설마' 라는 생각의 위험성에 대해 생각해 보자.

⇒ 책에서도 미국에 경제 위기가 닥쳤을 때 사람들이 설마 자기들이 그 경제 위기로 인해 피해를 받겠어? 하는 이러한 안일한 생각들을 가지고 있다고 말하고 있다. 예는 타국에서의 경제 위기 상황으로 들었지만 우리나라 또한 이런 안일한 생각들에 사로잡혀 있는 것 같은데 우리나라에 경제 위기가 더욱 더 심하게 닥쳤을 때 우리가 그 위기를 해결할 수 있을까 하는 걱정이 들었다.

⇒ 자연재해 또한 위험하다. 사람들은 지금 우리가 경험하고 있는 지구온난화에 대해서도 안일하게 생각할 뿐이다. 1도 높아진 게 어때서? 뭐 지구가 멸망하겠어? 아직 우리가

받은 큰 피해는 없잖아. 등의 생각들을 하고 있는데 지금 세계 여러 곳에서 이로 인한 피해들을 받고 있다.

⇒ 획일화할 수는 없지만 대부분의 사람들은 설마 해서 아무 준비도 하지 않는다. 이를 해결하기 위해서는 직관적으로 상황을 제대로 인식하는 것이 필요하다. 따라서 우리는 '설마' 라는 마인드를 버리고 그 상황을 직관적으로 볼 수 있도록 사고를 전환하여 세상을 바라볼 수 있는 힘이 필요하다고 생각한다.

Q.긍정적, 부정적 사고를 통해 얻은 결과는?(우리의 일상경험)

⇒ 시험 칠 때 '난 이번 시험에서 반드시 100점을 맞을 수 있어.' 라는 생각은 100점을 맞지 못했을 때 엄청난 실망감을 안겨준다. 하지만 '이건 헷갈렸으니 틀렸을 거야' 라고 생각하며 최소 점수를 염두에 두고 매겼을 때 결과는 좋으면 좋았지 더욱 나빠지지는 않을 테니까 실망감이 그렇게 크지는 않았다.

Q. 우리의 삶에 대한 태도에 대해 얘기해 보자.

⇒ 이 책을 보면서 느낀 것은 우리는 너무 일방적으로 무엇인가를 받아들이면서 살아가고 있는 것이다. 예를 들어, 긍정적이게 살아야 한다 라는 제1원리를 가지고 살아간 것과 같이 하나의 방향으로만 생각하며 살아가는 것에 익숙해진 것 같다.

⇒ 문제집의 답지, 학교에서 배우는 것들 등이 일방적인 사고의 하나의 예가 될 수 있을 것 같다.

⇒ 우리가 보고 듣고 경험하는 폭이 좁은 만큼 우리의 생각과 사고 또한 거기에 비례한 것 같다. 따라서 우리는 많은 것들을 접하며 살아가야 한다고 생각한다. 하지만 현재의 우리는 그 경험들을 하기가 어려운 편이다. 따라서 이 책을 읽으면서 여러 사고를 해보고 많은 것을 느꼈듯이 책이라는 것을 통해서 많은 세상들을 경험해 봐야 된다고 생각한다.

미래 사회와 유토피아에 대한 물음표
『멋진 신세계』, 올더스 헉슬리, 문예출판사, 2018

이승아 이은솔 박초용

Q. 멋진 신세계 속의 과학 문명

이승아 1932년에 쓰인 올더스 헉슬리의 『멋진 신세계』는 과학 문명이 극도로 발달한 600년 후 미래사회를 그린 반유토피아적 풍자 소설이야. 미래 세계에서 모든 아이들은 공장에서 인공수정되고 '맞춤형' 대량 생산이 돼. 개인은 약물, 수면교육 등 과학적 장치에 의해 할당된 역할을 자동적으로 수행하도록 프로그램 되지.

　저자 헉슬리는 불확실성으로 가득한 자연과 대비되는 인간 문명의 본질을 '안정'이라고 생각했어. 따라서 과학 문명이 극도로 발달된 미래에서는 불확실성이란 존재하지 않아. 인간의 마음까지도 '소마'를 통해 적절히 통제되지.

이 책은 현재 4차 산업혁명이 진행되고 있는 우리 사회에 교훈을 던지고 있어. 책에 나온 문명인들처럼 감정 없는 안정적인 삶만을 찾아가고 있는 것이 아닐까? 로봇이 지배하는 날이 오지 않을까? 불안해하면서도 편한 문명, 즉 과학 기술 발전에 대한 편리함은 포기할 수 없는 딜레마인 것 같아. 지하철에서 책을 읽거나 주위를 둘러보며 대부분의 사람들은 무표정으로 스마트폰만 쳐다보고 있는 것 역시 환경이 변했음을 쉽게 알 수 있어.

나는 이러한 장면을 보면서 미래를 향해 나아가는 생명공학 기술이 어떠한 가치를 담고 나아가고 있는지 생각해 봐야 한다고 느꼈어. 우리는 대개 기술을 연구하고 개발할 때 좋은 취지로 그 일을 해. 그러나 모든 일에 좋은 점만 있는 것은 아닌 것처럼 생명공학 기술도 마찬가지라고 생각해.

생명공학 기술은 유전병을 치료하고 불임인 사람들을 도울 수 있고 인간의 수명을 상상할 수 없이 늘릴 수 있는 가능성을 지니고 있지만 또한 인간의 존엄성에 대한 끝없는 논쟁의 여지가 있기도 해.

이 문제는 앞으로도 과학 문명이 인간의 삶을 위협한다는 주장이 끊임없이 제기되겠지만 세상은 변하고 있고 인간은 완벽하진 않았지만 이때까지 그래 왔던 것처럼 그 세상에 대한 답을 내놓을 거야. '기술'과 '윤리 의식', 중요한 이 두 가치를 같은 수준으로 발전시켜 간다면 인간의 삶은 변하겠지만 인간의 존엄성은 유지될 수 있다고 생각해.

Q. 멋진 신세계에서 계급은 어떤 의미와 역할을 가지고 있을까? 우리가 살아가고 있는 사회에서도 멋진 신서계의 계급과 비슷한 무언가가 존재할까?

이은솔 책 속에서 세계는 크게 문명 세계와 비문명 세계로 나뉘는데, 계급은 문명 세계에서 문명인들을 알파, 베타, 델타, 감마, 엡실론으로 구분해. 소수의 지도층이 전체를 움직이고 지배하고 있어.

얼핏 보면 똑똑한 머리로 자신들만 막대한 물질적 풍요와 지성적, 육체적 욕망을 제한 없이 충족시키고 누리는 지도자들을 이기적이라고 비난할 수도 있어. 물론, 그들이 자신들의 편리와 이익을 위해 계급을 만들고 타인의 자유와 권리를 박탈한 것은 사실이야. 그런데 나는 멋진 신세계의 지배 계급이 궁극적으로 무엇을 위해 이렇게까지 치밀하게 계산하고 노력하는지 모르겠어.

과연 지배층이 피지배층과 정말 다를까? 그들 스스로 자신의 생각을 좁히고 다양한 경험을 할 수 있는 기회를 버리는 꼴은 아닐까? 알파 플러스 최상위 계급인 헬름홀츠도 결국 자유롭고 감성적인 문학의 세계를 열망했잖아.

현대 사회에서 법적인 신분제도는 없어졌지만, 요즘 '수저론'이 대두되고 있어. 우리 사회에서 '계급'은 '돈'이 아닐까? 황금만능주의가 사람들의 생각 위에 법으로 작용해 버리는 거지. 그럼에도 아직까지 어느 사회에서든 물질적 가치를 우선시하는 신념과 정신적 가치를 우선시하는 신념들이 끊임없이 충돌하는 것 같아.

나는 사람들의 깨어 있는 의식까지 돈과 권력이 좌지우지하지는 못한다고 생각해. 나도 아직 열일곱 밖에 되지 않아서 이 세상에 대해 잘 모르겠지만 책을 읽으면서 떠오른 나의 생각에 대한 너희의 의견을 듣고 싶어. 계급과 차별, 권력과 욕망, 그리고 교육과 의식에 대해 마음껏 지껄이고 싶단다!

Q. '오, 포드여!' : 이 완벽한 세계의 신, 포드

박초용 『멋진 신세계』를 읽다보면 사람들이 '오, 포드여' 하고 말하는 부분을 종종 찾아볼 수 있어. 우리가 느끼기에는 마치 신을 부르는 것 같지? 맞아, 책 속에 세상에서는 포드가 마치 하나님, 부처님인 듯 신 같은 절대적인 존재로서 표현되어 있어.

포드는 사실 사람 이름이야. 공장제 대량 생산의 고안자

이자 포드 자동차 회사를 세운 사람이지. 책 속에선 헨리 포드를 신적인 존재로 받들면서 첫 번째 포드 모델 T의 생산 날짜(1908년)를 A.F. (After Ford)라는 연도의 기준으로 삼고 있어.

즉, 시대 배경은 AF 632년이고 현재 우리가 사는 세계로서는 AD(기원후) 2540년이라고 할 수 있지. 그리고 포드를 신으로 표현하고 있다고 했잖아? 영어로 생각하면 재미있는데, 'my Lord'를 'my Ford'로 한 글자만 바꿔놨어. 그리스도교의 상징인 십자가의 위를 자르면 포드 모델 T를 상징하는 'T' 자가 만들어져.

포드가 고안한 공장제 대량 생산은 포드주의적 생산 형태라고도 말하는데, 이것으로 인해 물질적 풍요와 과학과 기술의 발달을 가져왔지만 노동자 차별 문제와 인간이 대량 생산을 위한 기계 문명의 도구로 전락해버렸다는 단점도 찾아볼 수 있어. 올더스 헉슬리는 바로 이것을 노린 것 같아. 헨리 포드가 열어놓은 현대 문명 세상의 비인간화(인간성 상실)와 차별의 문제를 '멋진' 신세계라고 표현함으로써 역설적이고 풍자적으로 그렸다고 봐.

지금 우리가 사는 세계에서의 포드 역할을 하는 것은 무엇일까? 내 생각에는 '매스미디어'라고 할 수 있을 것 같아. 매스 미디어라는 건 정보전달의 대상을 특정할 수 없는 매체야. 예들 들면 TV, 신문, 라디오, 잡지, 영화, 광고 등이 있어.

　우리가 보고 듣는 저런 매체들에 의해 우리는 어떤 영향을 받을까? 먼저 오락적 기능에서는 우리가 보는 예능들에서 폭력성, 선정성 등에 쉽게 노출되어 무감각해질 수 있어. 그리고 미디어에 의존함으로써 미디어에 나타나는 것 그대로 받아들이면서 비판적이고 분석적인 사고를 저하시킬 수 있어.

　이렇게 매스미디어는 우리의 인식과 가치관에 밀접한 연관을 지니면서 우리에게 도움을 주기도 하지만 잘못 받아들이면 악영향을 줘. 우리는 『멋진신세계』처럼 포드를 믿으며 세뇌당하지 않고 우리 스스로 생각하고 비판적인 사고할 줄 아는 능력이 다른 무언가에 의해 주입되지 않도록, 스스로가 빠져들지 않도록 노력해야한다고 생각해!

당신은 오늘도 뉴스에 '넋' 이 나가있군요?
: 뉴스의 시대 - 알랭 드 보통

신유나 이유정 이지윤

1. 뉴스와 함께하는 일상

매일 아침, 우리는 눈을 뜨자마자 휴대폰을 만지다가 실시간 검색어에 뜬 관련 뉴스 기사를 확인하거나 시리얼을 입 속에 우걱우걱 집어넣으며 멍하니 텔레비전 뉴스를 바라보곤 한다. 아침의 시작을 알리며 멍하니 쳐다보던 뉴스는 결국엔 키워드만 남은 채, 내 머릿속을 둥둥 떠다니며 복잡한 생각이 들게 한다. 길을 가다가, '오늘 아침에 봤던 뉴스는 정말 정확한 사실로 만들어진 걸까?' 하는 의문 하나가 들고 '혹시 방송을 진행한 언론사가 사실을 한 쪽으로 편향시켜서 전달하는 것을 내가 본 건 아닐까?' 하는 의문 둘, '그렇다면 또 다른 언론사의 뉴스는 오늘 아침에 본

뉴스와 같은 내용을 얘기하고 있을까?' 의문 셋. 오늘 아침 스치듯 보았던 뉴스는 내 머릿속을 뱅뱅 돌고 있다.

이런 생각을 하는 시간은 별로 쓸모없다고 생각했었다. 하지만, 우연히 읽게 된 '뉴스의 시대'를 접한 후 그 시간들이 결코 낭비가 아니었다는 생각이 들었다. 그래도 매일매일 일정한 시간에 방송되는 뉴스를 보면서도 그 뉴스를 받아들이는 데에 있어서 최소한의 퍼즐 조각을 고민한 것이기 때문이다.

2. 알랭 드 보통의 신박한 뉴스 사용 설명서

"뉴스는 세상에서 가장 별나고 중요하다고 여겨지는 일이라면 그게 무엇이든 우리 앞에 제시하는 데 전념한다. 하지만 많은 사건들 중에 뉴스가 교묘히 회피하는 것은 바로 뉴스 자신이다. 뉴스는 우리 삶에서 점하고 있는 지배적인 위치이다."

3. 정치뉴스

"우리는 사건·사고를 전체적으로 보고 있는 것이 아니

라 부분적으로 보고 있다."

　뉴스는 전 세계에서 일어나는 일들에 대해 보도한다. 하지만 우리가 흔히 접하는 뉴스의 내용은 대부분 부정적인 측면을 드러낸다. 즉, 어느 현상이던 간에 긍정적인 효과를 불러일으킨 것들에 대해서는 잘 보도하지 않는다는 말이다.

　이는 정치뉴스도 해당되는 점이다. 우리나라 정치에 문제가 생기고, 이를 뉴스가 보도하면 사람들은 항상 대통령, 국회의원을 탓한다. 왜 그럴까? 마치 남의 정치인 마냥 그건 누가 잘못했고, 이건 그 국회의원이 그렇게 대처한 게 올바르지 않은 것이라고 말한다.

　국가의 권력은 바로 국민들로부터 나온다는 변호인의 명대사에 감명 받으면서도 정작 살면서 투표조차 하지 않는 사람들이 수두룩하다. 참정권도 개인의 정치 참여이다. 자신에게 주어진 정치 참여의 일종인 참정권마저 거부하겠다면 지금 일어나는 모든 정치 사건에 대해 그 누구의 탓도 해서는 안 된다고 본다. 정치뉴스를 보며 무작정 비판할 것이 아니라, 그 사건의 책임에는 아주 조금이라도 '나'의 책임도 있다는 생각을 가져야 한다.

4. 셀러브리티 뉴스

    셀러브리티 뉴스는 청소년들이 공인에 대한 잘못된 동경의 오류를 불러일으킬 수 있다는 점이 문제가 된다. 보통 셀러브리티 뉴스에서는 공인들이 한 선행보다는 주로 마약 복용, 여러 가지 범죄 등 좋지 않은 행동들을 다룬다. 아직 성숙한 생각이 완벽하게 이루어지지 않은 청소년의 경우, 이러한 뉴스들을 보며 잘못된 인식을 키울 수 있기 때문에 공인이 저지른 범죄를 중점으로 뉴스를 진행하기 보다는 공인들의 선행 또한 같은 양으로 방송되어 져야한다고 생각한다.

    셀러브리티 뉴스의 두 번째 문제점은 평범한 시민들이 상대적 박탈감을 느낄 수 있다는 것이다. 셀럽들의 연애, 결혼, 건물 구매, 평상시 입고 다니는 옷의 가격, 협찬 브랜드 등 왜 우리가 알아야 하는지 모르는 것들을 방송하는 셀러브리티 뉴스를 보며 평범한 시민들은 '나는 왜 저런 생활을 할 수 없을까? 정말 부럽다.' 라는 생각을 하게 되며 상대적 박탈감과 회의감을 충분히 줄 가능성이 높다게 고 생각한다.

    세 번째로는 공인의 사생활 침해 문제이다. 단지 연예인 이라는 이유로 연예계에서 활동하는 동안 그들의 곁에는 항상 기자가 남몰래 동행한다. 그들이 무엇을 하던, 언제 어느 곳에 있던 원치 않는 사람이 나를 지켜보고 있다는 것이다. 날이 갈수록 셀럽들의 사생활 침해 수준은 심각해진다. 그들도 각자의 자리에서 유명 인사이기 전에 한 명의 인간이라는 것을 염두에 두어야 한다.

5. 재난뉴스

대한민국의 사람들은 심각한 재난뉴스를 보고도 아무렇지 않게 잠들고 또 일어나서 일상생활을 해내가는 특이한 능력이 있다. 우리에게 위급한 상황임에도 "오늘 정말 가을 하늘이야. 완전 예쁘지 않니?"로 감성적인 하루를 보내지만 이를 지켜보고 있는 주변 나라들은 "미쳤어, 한국. 지금 정말 위험한 상황 아니야? 혹시 우리한테도 피해가 오면 어떡하지?" 오히려 우리나라 사람들보다 더 무서워하며 발을 동동 굴리곤 한다. 아마 한국의 대부분의 사람들은 나에게 절대 오지 않을 일이라고 느끼는 '안전 불감증'의 상태에 놓여 있을지도 모른다. 그 이유에 재난뉴스도 일조를 했다고 생각한다.

재난이 일어나고, 곧바로 언론사에서 뉴스를 내보낼 때 상황이 곧바로 나아질 거라는 방향으로 시청자를 안심시키곤 한다. 하지만 그 안에는 '뉴스의 정상화' 라는 전략이 숨어 있다. 권위자의 말을 전달하며 상황이 차츰 나아지고 있다고 강조하는 것이다. 그리고 그 뒤에 숨어 있는 진짜 상황을 우리는 알 수 없게 된다.

6. 플러스가 필요하다

그저 보도된 뉴스들을 비판적인 사고 없이 무조건적으로 수용하는 수동적인 자세는 이미 발 빠른 우리 사회 현실에 뒤처진 행동이다. 정보의 홍수 속에서 허덕이는 존재가 아닌, 내가 주체가 되어 자의식을 가지고 뉴스를 바라보아야 한다. 항상 의심해야한다. '뉴스 자체에 대한 문제점은 없는가?' 라는 생각으로 근본부터 파고들어야 한다.

뉴스를 비판적으로 받아들인다면 모든 정보를 보다 객관적인 시선으로 바로 볼 수 있다. 또한, 적극적으로 우리 사회에 일어나는 것들에 대하여 자신의 의견을 말하며 우리 사회에 참여하는 의식 있는 시민이 될 수 있을 것이다.

다른 생물에 대해 가져야 할 책임의식의 필요성
『동물해방』, 피터싱어, 연암서가, 2012

권민지 금지민 김수연 이연주
정소윤 천예지 최인정

실천윤리학 분야의 거장이자 동물해방론자인 피터싱어의 대표작으로 평소 우리가 알게 모르게 아무렇지 않게 넘겨왔던 동물학대 행위들에 대해 다시 한 번 쯤 생각해보게끔 해주는 책으로 논리적이고 이성적인 논증을 통해 인간이 인류를 제외한 다른 생물들에 대해 가져야 할 책임의식의 변화의 필요성을 일깨워준다.

논제1) 동물실험은 꼭 필요할까?

동물실험이란 동물을 사용하여 의학적인 실험을 행하여 생명현상을 연구하는 일을 의미하며 이러한 실험의 대상이 되는 동물들은 원생동물부터 포유류, 영장류까지 포함되나 사람은 제외된다. 동물실험은 여러 분야의 연구나 계획을 위해 쓰이고 있는데, 이러한 실험의 잔혹함은 우리의 상상을 초월한다.

동물실험은 주로 의약품, 의약기술 개발 시 안전성 및 효과 확인이나 화장품 개발을 위해 사용되곤 한다. 화장품 동물실험 시에 동물들은 진통제 하나 없이 피부나 눈에 자극 실험을 당한다. 또, 살충제 하나를 등록하여 인증을 받으려면 50번 이상의 동물실험, 그리고 무려 1만 2천 마리의 동물이 필요하다. 심지어 새끼를 가진 동물을 죽여서 태아를 검사하고 몇 년동안 매일 발암물질을 투여하기도 한다. 이렇게 잔혹한 동물실험이 꼭 필요한 걸까? 동물실험을 하지 않으면 화장품의 발전이 어려울까?

화장품 동물실험의 경우 동물실험은 화장품의 효능, 효과 검증보다는 피부안전에 대한 의미가 크다. 화장품의 효능·효과에 대한 기술개발은 동물실험과 관계없이 지속적으로 이루어지고 있으며 피부안전에 대해서는 동물실험을 대체할 방안으로 보다 윤리적이고 더 신뢰할 만 한 '대체시험법'과 '피부 테스트'가 새롭게 이용되어 오고 있다.

화장품이나 의약을 목적으로한 동물실험이 아닌 정신적인 연구를 목적으로 하는 동물실험도 그 필요성에 대해 의구심이 들기는 마찬가지이다. 실제적으로 정신병을 앓고 있는 사람들을 치료해왔던 효과적인 연구는 비동물에 기초한 연구로부터 나왔다. 실제로, 임상 심리전문가들은 대체로 동물실험을 통해 나온 결과들을 참고하지 않는다. 그럼에도 동물을 모델로 한 정신병 연구에 지원금을 쏟아 붓는 형태는 여전히 계속되고 있다. 차라리, 그 지원금을 정신병을 앓고 있는 환자들에게 직접적으로 사용하는 것이 보다 효과적인 방법이 아닐까?

논제2) 동물의 고통을 최소화 할 수 있는 해결책은 없을까?

고통의 사전적 의미는 '몸이나 마음의 괴로움과 아픔' 이다. 동물에게 가해지는 가혹행위에 대해 논하기에 앞서 동물도 고통을 느낀다는 것을 확실히 하자. '동물해방' 에서는 동물의 고통을 느끼는 신경계가 인간과 거의 동일하며, 그들의 고통에 대한 반응 또한 우리와 유사하다는 점에서 동물도 고통을 느낀다는 것을 명시하고 있다.

본격적으로, 현재 이루어지고 있는 동물에게 고통을 주는 실태에 대해 알아보자. 공장식 축산과 잔인한 동물 살육방법을 그 예로 들 수 있다. 먼저, 돼지를 예로 들어 공장식 축산에 대해 알아보자. 식용 돼지를 낳기 위해 사육되는 육돈 한 마리가 사용하는 공간은 겨우 앉았다 일어섰다만 할 수 있는 폭 60cm, 길이 210cm의 금속제 틀이다. 걷거나 뛰는 것, 본능적인 행동조차 제한되는 공간에서 돼지들은 태어난 지 약 7~8개월째부터 새끼 돼지를 낳도록 강제로 교배를 당한다. 이는 돼지에게 극심한 고통을 준다.

이러한 비인도적이고 목적론적인 가혹 행위들에 대한 논의가 많이 진행되면서 고통을 최소화하는 방안들이 모색되고 있다. 첫 번째로 영국에서 제시한 동물 9대 자유와 같은 동물 복지 인식을 확대하는 제도적 차원에서의 노력이 있다. 두 번째로 동물을 살육하는 방법에 있어서 비교적 동물이 고통을 덜 받는 총격법, CO가스법이 있다. 그러나 궁극적으로 동물에 대한 가혹행위를 아예 근절해야 한다는 것이 피터 싱어가 '동물해방'을 통해 주장하는 바이다.

논제3) 동물실험을 행하는 자들의 정신은 괜찮을까?

책 속에는 다양하게 진행 되었던 잔혹한 동물 실험의 사례들이 나와 있다. 스물다섯 마리의 개를 죽음으로 몰고 간 어떤 무자비한 실험의 결론 '열사병에 걸린 개의 채온이 빨리 내려갈수록 회복가능성이 높아진다.' 와 같이 결과가 뻔하거나 의미 없게 진행된 실험들도 많다. 이런 결과들이 꼭 개나 토끼, 쥐들을 죽여 봐야 알 수 있는 결과인가?

실제로, 실험실에서 동물들이 고통 받는 만큼 실험자 (수의사, 연구원) 들도 고통 받고 수많은 사람들이 이로 인해 정신과 진료를 받기도 한다. 이는 사람이 정신병이 걸릴 정도로 동물들을 대하고 있다는 것을 의미한다. 우리나라의 의약 실험 견사는 개들의 비명 때문에 귀가 멍멍하고 정신이 아득해진다고 한다.

실제로, 연구원들은 동물들에게 매일 끼니를 챙겨주고 배설물도 치우며 직접 돌보기 때문에 애정이 생긴다고 한다. 평소 실험할 때 동물을 생명이라 생각하면 실험을 시행하기에 힘이 들기 때문에 일부러 마음을 무디게 하기도 한다. 하지만, 실험 방법은 다소 잔혹하여 연구원들은 마음의 준비를 했다 하더라도 쥐들이 고통스럽게 죽어가는 모습을 보면 죄책감에 빠질 수밖에 없다.

그렇다면 이렇게 잔혹한 동물실험이 가능한 까닭은 무엇일까? 인간을 위해서 동물을 희생시켜도 된다는 생각이 잔혹한 실험으로 이어진 게 아닐까 하는 생각이 든다.

논제4) 동물의 권리가 침해되는 환경에서 우리는 안전할 수 있을까?

동물 실험과 같이 동물을 가둬두고 공장식 농장과 같은

좋지 않은 환경에서 동물을 키워 식용으로 파는 사람들이 많은 현재, 그렇게 자란 동물들을 섭취하는 사람들에게는 어떠한 문제가 발생할까?

먼저, 광우병을 사례로 들 수 있다. 광우병의 원인은 채식 동물인 소에게 육식 성분을 먹이로 주어 프리온 단백질의 화학 구조 변형이 일어나는 것이다. 광우병에 걸린 소의 고기를 사람이 섭취할 시, 초기에는 기억력 감퇴, 감각 부조화 등을 겪게 되고 이후에는 평형 감각 둔화, 치매 등을 겪게 되고 움직이거나 말할 수 없게 된다.

더욱 심할 경우 최대 사망에 이를 수 있는 위험한 질병이다. 이러한 광우병은 잠복기가 3~30년으로 길기 때문에 확실한 진단을 위해서는 뇌 조직을 떼어내어야 하고 이 때문에 대처와 치료가 어렵다. 따라서 현재까지는 광우병을 치료하는 방법이 만들어지지 못하였다.

다음으로 살충제 달걀도 현재 문제가 되고 있다. 살충제 달걀이 발생하게 된 원인은 좁고 더러운 환경을 가진 공간에서 길러져 벼룩과 진드기가 생긴 닭에게 살충제를 뿌려 벼룩과 진드기를 없애려고 하였던 것이다. 닭에게 뿌린 살충제 성분인 피프로닐은 산란 시 달걀까지 잔류하기 때문에 사람이 섭취하게 될 수도 있다. 이 살충제 달걀을 사람이 다량으로 섭취하여 피프로닐이 몸에 축척될 시, 두통, 감각 이상, 간·신장 등의 손상, 구토와 어지러움 증상 등이 발생할 가능성이 있다.

지금 당장 큰 문제가 없을 것이라고는 해도 절대 안심해서는 안 된다. 위의 사례들은 동물의 권리를 침해하면서 생활하는 방식은 결코 우리 인간은 안전한 방향으로 이끌지 못할 것을 경고하고 있는 것이다. 그리하여 현재, 우리 눈에 보이는 문제점에 대한 해결 방안만을 찾으려고 하는 것보다는 이런 문제가 일어나는 근본적인 원인인 동물 권리 침해에 대한 대처 방안을 찾는 노력이 더욱 필요할 것으로 보인다.

논제5) 식용 동물로 희생되는 동물의 수를 줄일 수 있는 방안은 없을까?

요즈음 미래 식량으로 식용 곤충이 대두되고 있다. 국제 식량 농업기구에서 2050년엔 인구가 90억 명까지 증가하여 현재 식량 섭취량의 2배가 될 것으로 여겨진다고 발표했다. 그리고 UN에서는 미래 대체 식량을 곤충으로 설정하기도 하였다. 그리하여 이제는 필수 영양소를 동물이 아닌 곤충을 이용하여 섭취할 수 있는 방안이 있다는 것이다. 이렇게 되면 식용동물로 희생되는 동물의 수는 현저히 줄어들 수 있을 것이다.

그렇다면 왜 UN에서는 대체식량으로 곤충을 설정한 것일까? 곤충은 생태계 교란 걱정과 온실가스 배출량이 적어 친환경적이기도 하고 세대가 적어 빠르게 번식되어 대량 생산이 가능하며 사료의 양도 적어 경제적이기도 하기 때문이다.

우리나라의 공식 식용 곤충에는 고소애(갈색 거저리 유충), 메뚜기, 쌍별이(쌍별 귀뚜라미)등이 있고, 우리가 잘 알고 있는 번데기 또한 이에 속한다. 실제로 번데기는 CNN에서 여행자들이 선호하는 세계 곤충요리 순위 8위에도 오르기도 했다.

하지만, 곤충의 외관으로 인해 식용곤충에 대한 거부감이 있는 사람들 또한 많다. 그런 사람들을 위해 현재, 우리나라에서는 곤충을 액상타입, 분말가루, 환의 형태로 만들어서 먹고 있다. 실제로 우리나라에서는 식용 곤충을 먹는 데에 있어 거부감이 없도록 요리하는 식당도 있다고 한다.

안락사를 합법화해야 할까?

김연주 박은서 신도이 이경민

　최근 사회에서 문제가 되고 있는 안락사에 대해 이야기를 나누기 위해 우리는 미셸 오트쿠베르튀르의 '안락사를 합법화 해야할까?' 라는 책을 읽었다. 다른 책에 비해 비교적 책이 얇았지만 그 안에 많은 내용을 담고 있었기에 자신들의 안락사에 대한 입장을 정하고 의견을 말하는데 있어서는 문제가 없었던 것 같다.

　안락사가 합법화된다면 사회적으로 사람들이 생명을 소중히 여기지 않게 되고 고령화 사회가 심해지고 있는 지금 이 사회에서 젊은이들은 계속해서 노인들의 부양에 대한 부담은 증가하게 될 것이다.

　의사 결정을 할 수 없는 환자들에 대해 환자의 삶이 아닌 오직 그들의 부담을 덜기 위해 그들의 삶을 위해 쉽게 안락사를 선택하여 한 인간의 생명권을 박탈할 수 있다.

그러나, 만약 합법화를 통해 나라에서 지원해주어야 할 환자의 수가 줄어든다면 그만큼의 나라의 비용이 절약되므로 다른 부분에서의 큰 발전으로 이루어질 수 있다. 나라의 재정 상태도 나아질 것이다. 이러한 의견에 반대되는 주장으로는 안락사가 무의미한 치료를 하고 있는 환자에게 제한된 것이 아니기 때문에 많은 젊은이들이 안락사를 선택하게 된다면 나라는 그만큼의 생산 가능한 인구를 잃게 되고 노인들을 부양할 젊은이들의 수가 줄어 들게 되므로 나라의 입장에서는 이익이 될 수가 없다는 주장이 있다.

또한, 나라에서 지원하는 환자의 병원비는 다시 병원의 세금으로 나오게 되어있기에 결국 나라로 돌아오는 것은 똑같다. 그러므로 안락사와 나라의 재정과는 상관이 없다는 의견이 있다. 안락사 실행으로 사람들이 '이렇게 살면 뭐 하겠어?' 라는 생각을 가질 수 있게 되면서 무력한 삶으로 이어질 수 있을 것이다.

사회는 죽음이라는 것을 부정적으로 인식하고 있는 경향이 있다. 그러나 안락사로 인해 사람들은 자신들의 삶과 죽음에 대해 생각해 볼 수 있는 기회를 가지게 되면서 생명에 대해 소중히 여기지 않는다라는 의견에 반대하여 오히려 생명에 대해 다시 생각해보고 생명의 소중함을 상기시킬 수 있는 기회가 되기도 한다.

이렇듯 토론 첫 시간에는 안락사에 대해 찬반이 아닌 사회적으로 초래할 수 있는 결과들에 대해 자유롭게 사례를 들어 설명하였고 이를 토대로 두 번째 토론 시간에 자신들의 입장을 찬반으로 나누어 근거를 들어 토론해 보았다.

신도이 안락사에 대해 저는 전체적으로 찬성합니다. 왜냐하면, 사람이 죽는다는 것은 그 사람만이 결정할 수 있다고 생각하기 때문입니다. 내가 언제 죽을지를 결정하는 것은 오직 자기 자신 뿐입니다. 하지만, 자신이 자신의 죽음을 결정하지 않는다면 2가지의 문제점이 생깁니다.

한 가지는 인간의 목숨이 쉽게 생각될 수 있다는 점으로서 안락사가 만약 아무렇게나 사용된다면 어려운 일로 잠시 힘들 때 삶을 포기하고 싶다 느낄 때 편안하게 죽을 수 있는 안락사를 통해 쉽게 죽으려 할 것입니다. 위와 같은 상황에서 사람들이 편히 죽을 수 있는 안락사를 통해 인생을 쉽게 끝내는 것도 인간의 목숨의 가치가 낮아지는 결과를 초래합니다.

두 번째 문제는 안락사 대상이 식물인간이라면 어떻게 해야 하는가 인데요. 안락사 대상이 식물인간이라면 "자기의 죽음은 자기가 선택한다."라는 위의 주장을 충족시킬 수 없습니다. 식물인간이 어떻게 선택하고 자기의 의사를 전달할 수 있겠습니까? 그렇기 때문에 나는 이런 상황에서는 다른 기준을 적용시키고자 합니다.

먼저 의사가 보았을 때 환자가 살아날 확률이 5%미만이여야 하고 병원비를 부담하는 자의 상황이 좋지 않을 때에는 안락사를 허용해도 된다고 생각합니다. 왜냐하면 지금 멀쩡히 살아있는 사람이 살아날 확률이 매우 적은 사람을 위하다가 자신의 삶까지 포기하는 일이 없어야 하기 때문입니다. 저는 이러한 위의 내용과 같이 안락사를 합법화하자는 것 중 인간의 안락사에 대해서는 찬성의 입장입니다.

하지만, 동물의 안락사에 대해서는 반대하는 바입니다. 왜냐하면 제가 주장한 자신의 죽음은 자신이 결정한다는 것은 동물도 죽음을 결정할 수 있다는 말입니다. 대부분의 사람들이 생각하는 것과 다르게 동물들도 자신의 죽음을 감지합니다. 동물을 안락사 하는 곳에 가보면 안락사하기 직전에 동물들의 눈에는 눈물이 맺혀 있는 모습을 볼 수 있습니다. 저는 이것이 동물들의 의사 표현이라고 생각합니다.

애완동물에 대한 안락사를 흔하게 시행하고 있는 현재의 유기견 보호법은 잘못되었다고 생각합니다. 그렇기 때문에 저는 동물의 안락사 역시 동물들을 존중해 주고 동물이 심하게 다쳐 고통스러워하는 것과 같이 어쩔 수 없는 상황에만 허용되어야 한다고 생각합니다.

두 번째로는 인간과 강아지 모두에게 안락사에 제한을 두어 합법화하자는 박은서의 의견이다.

박은서 저는 안락사를 합법화하여 시행해야한다는 의견에 대해 찬성의 입장입니다. 그러나 안락사를 합법화하되 이 안에 세부적인 내용을 추가하여 제한적으로 안락사를 시행해야 한다고 생각합니다.

만약 제한되지 않고 무작정 안락사를 합법화한다고 하였을 때 살기 힘든 요즘 시대에는 많은 사람들이 쉬운 방법으로 죽을 수 있는 안락사를 선택하여 그들의 삶을 쉽게 포기해 버릴 것입니다. 지금은 안락사가 합법화되지 않았기에 사람들이 '죽고싶다' 라는 생각이 들더라도 죽는 것이 고통스럽다는 것을 알기에 어떻게든 살기 위해 상담도 가고 자신을 다스리려는 노력을 하고 있습니다.

이러한 이유들 때문에 저는 안락사를 허용하되 제한되어야 한다고 주장을 하였습니다. 그렇다면 제한된 안락사에는 구체적으로 무엇이 있을까요? 예를 들어, 수십 년 동안 깨어날 것이라고 기대하였던 식물인간인 환자가 계속해서 깨어나지 못하고 있습니다. 그 분을 간호하는 보호자는 계속되는 병간호로 몸과 마음이 지쳐있는 상황에서 안락사가 합법화되지 않은 현재로서는 보호자분이 계속해서 식물인간분이 돌아가시지 않는 이상 보호자의 인생을 바쳐 그 분을 계속해서 돌봐야 합니다.

물론 한 인간의 생명권도 중요하지만 정작 보호자는 한 인간의 생명권을 위해 자신이 누려야하는 인간다운 삶을 보장받으며 살아가고 있지 못합니다. 그러므로 보호자 또한 자신의 인간다운 삶을 보장받아야 하기에 식물인간 상태인 경우 보호자의 동의하에 안락사를 허용해야 한다고 생각합니다. 그러나 만약 자신의 의견을 낼 수 있고, 자신의 삶을 살아갈 수 있는 환자의 경우 환자가 원하더라도 안락사를 허용해 주는 것이 아닌 환자의 마음을 치료해 주기 위해 힘써야 한다고 생각합니다.

제한을 두지 않고 안락사를 허용한다면 이로 인해 경제 침체, 범죄로까지 이어질 수 있는 사회 문제가 대두될 것입니다.

또한, 강아지 안락사도 마찬가지 문제입니다. 강아지들은 자신의 의견을 사람들처럼 말로는 표현하지 못합니다. 그렇기 때문에 유기견들이 증가하고 있는 지금 실태에 안락사 당하는 강아지들도 많이 증가하고 있습니다. 인간이 생명권을 가지고 있듯 그들도 마찬가지로 한 생명으로 태어났기에 생명권을 가지고 있습니다.

유기견 보호센터에서 일정기간 입양이 되지 않은 상태의 강아지들을 안락사를 하는데 과연 이게 진정한 보호일까요? 늘어나는 유기견들에 대해 무작정 안락사를 시행하는 것이 아닌 정부의 정책과 많은 사람들의 관심이 우선인 것 같습니다.

세 번째는 안락사에 대해 경제적으로는 긍정적인 입장을

사회의 일각에서는 부정적인 입장을 지닌 이경민의 의견이다.

이경민 저는 우선 안락사에 대해 찬성하는 바입니다. 왜냐하면 일단 개인적으로 제가 희망하기 때문입니다. 제가 생각하기에 이는 명예롭고 고통 없이 죽을 수 있는 방법이 아닐까싶습니다. 그리고 무엇보다 죽음은 자신이 선택할 수 있다고 보기에 안락사를 긍정적으로 바라보고 있습니다.

안락사에 찬성하는 또 다른 이유는 바로 경제적인 면에 있습니다. 우선, 환자의 입장에서는 더 이상 치료할 비용이 없거나 그 비용이 부담이 된다면 안락사가 해답이 될 수 있습니다. 가족, 배우자 등과 같은 보호자의 입장에서도 부양이 힘들다면 그들의 재정적 부담을 덜어줄 수 있지 않을까요? 물론, 후자의 경우에는 환자의 동의가 있어야 하겠지만, 만약 환자가 자신의 의사를 표현할 수 없을 때 예를 들어 식물인간이 있다-에는 안락사가 가능하다고 봅니다.

앞에서는 안락사에 대해 찬성하는 이야기를 풀어놓았는데 물론 사회 일각에서도 반대하는 목소리가 있습니다. 대표적으로 나오는 우려를 들자면 안락사가 허용될 경우 자살을 조장할 수 있단 점과 책임 소재가 불분명하다는 점입니다. 하지만 한 연구에 따르면 오히려 안락사 최종 결정 이전에 80%가 안락사를 포기한다고 합니다.

책임 소재 부분에서도 허용 기준을 명확히 세운다면 부작용을 막을 수 있습니다. 일본은 이미 의사 2명 이상의 판단으로 회복이 불가능하다고 판단된 환자에 한해 본인 의사가 있다면 연명치료를 중단하고 있습니다. 존엄한 죽음을 위해, 자신의 죽음을 선택할 수 있는 권리를 갖는 것에 대해 당신은 어떻게 생각하십니까?

마지막으로, 김연주 학생의 안락사에 대한 찬성의 입장입니다.

김연주　최근 삶 뿐만 아니라 죽음, 특히 '잘 죽는 것'에 대한 관심이 증가하면서 안락사에 대한 찬반 논쟁이 지속되고 있습니다. 먼저 안락사란 회복할 수 없는 죽음에 임박한 중환자의 고통을 덜어주기 위하여 그 환자의 생명을 단축시켜 사망케 하는 것으로 '인간다운 죽음'을 근거로 나온 개념입니다. '인간의 탄생과 죽음은 자신이 주인공이다'라는 말만큼 죽음이란 자신이 선택할 수 있는 권리라고 생각합니다. 따라서 다음 두 가지를 근거로 안락사에 찬성합니다.

먼저, 앞에서 언급했듯이 인간은 누구나 자신의 죽음을 선택할 수 있는 권리가 있습니다. 생명은 존귀하다. 그리고 인간은 생명과 육체, 그리고 정신을 분리해서 생각할 수 없다. 따라서 '존귀'의 의미는 개인이 자신의 신체에 대해 결정권가지고 책임을 질 수 있고 그에 대한 권리를 보장받을 때 비로소 존귀하다고 생각합니다.

이는 인권 중 하나인 신체 결정권에 해당합니다. 특히 극심한 고통을 겪고 있는 환자들의 경우 일반인이 직접 그 고통과 부담을 느껴보지 못합니다. 따라서 타인의 시선으로 개인의 죽음 선택에 대한 권리는 더욱이 뺏을 수 없습니다.

또한, 경제적인 부담을 해소할 수 있습니다. 대다수의 중환자의 경우 장기간 입원 혹은 많은 생명 유지 장치의 사용으로 이에 따른 비용이 천문학적인 경우가 많습니다. 치료가 불가능하나 생명 유지 장치에 의존해 살아가는 환자의 경우 그에 따른 간병인의 비용과 환자 가족의 시간 투자까지 고려한다면 그에 따라 소비되는 비용은 막대할 것입니다. 하지만 이러한 노력과 투자에도 불구하고 대부분의 중환자가 되살아날 확률은 소수에 해당합니다. 따라서 환자 개인의 의사와 보호자의 동의가 있을 경우 안락사를 허용하는 것이 환자가족의 현재와 미래에 현명한 투자입니다. 따라서 환자와 보호자의 입장에서 봤을 때 안락사에 찬성합니다.

이와 같이 우리의 의견을 종합하여 보았을 때, 4명 모두가 공통적으로 환자의 보호자의 입장에 서서 안락사에 대해 찬성하는 입장을 지니고 있는 것으로 보입니다. 4명 모두가 찬성을 하였을지라도 각각의 찬성하는 이유가 다양한 것처럼 안락사 합법화에 대한 반대의 이유도 굉장히 다양할 것입니다.

안락사는 우리가 생각하는 만큼 단순한 문제가 아니라는 점을 깨달을 수 있었습니다. 우리는 독서토론이라는 시간을 가지면서 학교 정규 수업에서 벗어나 서로 똑같은 책을 읽고 책에 대한 자신들의 관념에 대해 자유롭게 이야기하고, 서로의 의견을 들어주며 비교하면서 한 책에 대해 다양한 시점으로 접할 수 있었던 모두에게 알찬 시간이었습니다.

국가 간의 약속과 배려가 필요
『공유지의 비극』, 개릿 하딘

이연주 신유나 진다은 이유정

국가 간의 약속과 배려가 필요하다

이연주 '공유지에 대한 대안은 피할 만큼 정의로울 필요가 없으며 이 대안은 숙고하기조차 두려운 대안이지만 부당한 것이 전체의 파멸보다 낫다.'고 보는 개릿 하딘의 생각은 사회 제도의 제1덕목인 정의에 부합하지 않는다.

　비극의 해결 대안이 아무리 효율적이고 정연할 것일지라도 정당하지 못하다면 폐기되어야 한다. 우리가 공유지의 비극을 막고자 하는 이유는 무엇인가 바로 공동체의 자원이 없어지는 것을 막아 모두에게 공평한 이익이 돌아가도록 하고 부당하지 않게 정의를 실현하고자 하는 것이다. '공유지의 비극'을 막기 위한 즉, 정의의 실현을 위해서라고 보았을 때 정의를 추구하기 위해 정의롭지 않고 정당하지 못한 해결법을 든다는 것은 모순이다.

'정의로움' 이라는 목표를 실현하기 위해서는 그에 따른 해결 방안과 정책 모두 정의로워야 할 것이다. 모든 사람은 복지라는 명분으로도 유린될 수 없는 정의에 입각하는 불가침성을 지니고 있다. 이 부당한 것이 사회전체의 파멸보다 낫다는 것은 굉장히 공리주의적인 생각이다. 공리주의는 '최대 다수의 최대 행복' 을 추구하지만 반드시 치러야 하는 대가가 한 가지 있는데 바로 소수의 희생이다.

공리주의의 가장 큰 단점이기도 한데 타인들의 선을 위해 소수의 자유를 빼앗거나 소수에게 희생을 강요하는 것은 옳지 않다. 이것 역시 정의에 부합하지 않는다. 출산의 자유를 제한하여 공유지의 비극을 막겠다는 생각 역시 위험하다. '출산' 이라는 '자유' 는 정의에 의해 보장된 권리이다. 이러한 권리들은 어떠한 정치적인 거래나 사회적 이득으로 계산 되어서는 안 된다.

인간의 가장 기본적인 자유권을 침해하는 행위는 인간 존엄성을 해치는 행위이다. 인간의 파멸을 막기 위해 출산율을 강제적으로 제한함으로써 더 나은 삶을 누리려 하였다. 하지만 그로 인해 가장 추구되어야 할 인간의 존엄성이 침해당했다. 인간이 인간답게 더 잘 살기 위해 규제하려한 행동이 오히려 인간을 인간답지 못하게 만들었다.

심지어는 자율, 협의란 더 나은 대책이 있음에도 불구하고 '강제성'으로 인권을 침해하는 행위는 바르지 못하다. 더 나은 대안이 없을 때만 결함 있는 대안을 선택하게 될 수밖에 없지만 우리에게는 신뢰를 바탕으로 한 공동체 역할이라는 대안이 있다.

우리 주변에는 공유지의 비극이 빈번하게 발생하고 있다. 첫 번째는 지구라는 행성에서 일어나는 공유지의 비극이다. 대표적으로 환경 문제를 꼽을 수 있다. 제약 없는 온실가스의 배출이 지구온난화라는 비극을 만들었다. 무분별한 벌목, 사냥, 지하 자원의 이용 또한 마찬가지 이다. 이를 해결하기 위해선 국가 간의 약속과 배려가 필요하다.

두 번째는 바로 동물들이다. 동물 역시 구체적인 소유자가 없다. 이렇게 때문에 한정 없는 불법 사냥이 문제가 되었다. 콜탄을 얻기 위해 벌인 산림 파괴로 고릴라들은 점점 살 곳을 잃어 개체수가 줄게 되었고, 악어, 코끼리 등도 인간의 욕심으로 수가 많이 줄었다. 이런 문제들은 사냥꾼 스스로가 새끼들을 풀어준다든지 보호구역으로 지정된 곳에서는 불법 사냥을 하지 않는 것처럼 절제할 필요가 있다.

1. 개릿 하딘과 홍은정의 주장에 대한 차이점과 공통점

신유나 공유지의 비극이란, 누구나 자유롭게 사용할 수 있는 공공자원이 사람들의 남용으로 쉽게 고갈될 수 있다는 이론이다.   (출처:네이버 지식백과)

공유지의 비극의 예로는, 개개인에게 공유지로 사용하는 넓은 초원에서 자신의 소를 풀어서 풀을 자유롭게 먹도록 할 수 있는 자유를 준다하면 사람들이 자신의 이익만을 생각하여 적정량을 넘어선 이윤을 추구하여서 결국 초원이 황폐화되는 것이다. 이러한 공유지의 비극을 해결하기 위한 방안을 생각해낸 두 학자가 있다. 미국의 생물학자이자 생태학자인 개릿 하딘과 한국의 연구원, 홍은정이 있다.

먼저 개릿 하딘은 공유지의 비극의 주된 원인을 인구 문제로 보고, 이를 해결하기 위해 개인의 출산의 자유를 억제해야 한다고 설명한다. 공유지의 비극을 해결하기 위해서는 출산의 자유를 제한할 어느 정도의 강제성이 요구된다는 것이다.

이와 달리, 홍은정이 주장한 공유지의 비극의 해결 방안(엘리너 오스트롬 교수의 의견을 필두)은 사람들에게 공유지의 이용에 대한 자율성을 부여해야 한다는 것이다. 즉, 개릿 하딘은 문제의 해결방안으로 일정의 강제성이 부여되어야 한다고 입장을 가지며, 홍은정은 자율성을 추구하여 신뢰를 바탕으로 문제를 해결해야 한다는 것이다.

강제성과 자율성의 관점에서, 개릿 하딘과 홍은정은 공유지의 비극에 대해 상반된 해결 방안을 지니고 있다. 개릿 하딘은 "사람의 양심은 자기 파괴적이다."라고 보며 만약 다 같이 쓸 수 있는 공유지가 주어진다면 강제성·절제의 법제화 없이는 절대로 지켜지지 않을 것이라고 본다. 반면에 홍은정은 인간에 대한 신뢰를 바탕으로 자율적·자발적으로 해결해 나가야 할 문제라고 생각한다. 공동체의 가치를 개인의 가치고 받아들이고 자발적으로 참여함으로써 공유지의 비극을 해결하게 되며 인간을 자신만 생각하는 이기적인 존재로 보는 것이 아니라 공동의 이익을 위해 충분히 노력할 수 있는 존재라고 보았다.

이렇게 개릿 하딘과 홍은정은 공유지의 비극의 해결방안에 대해서는 의견에 차이를 보였으나 근본적으로 의견을 제시하게 된 이유와, 인간의 이기심과 욕심이 이유가 되어 공유지의 파국을 불러온다는 점에서는 같은 생각을 지니고 있다.

개릿 하딘과 홍은정은 해결 방식이 '강제적이다.', '자율적이다.'에 차이를 두고 있지만, 공유지의 비극을 하루라도 빨리 해결해야 한다는 점에서는 같은 입장이 된다.

2. 개릿 하딘의 해결방안에 대한 비판과 우리 주변의 공유지의 비극에 해당되는 사례와 이를 해결하기 위한 나의 생각

　개릿 하딘은 현재 개인의 이기심과 욕심 때문에 일어나게 되는 '공유지의 비극' 을 강제성을 부여히여 해결해야 힌다고 주장한다. 하지만, 개릿 하딘이 제시한 해결 방안에 보편적으로 받아들이기에는 적절하지 않은 요소들이 있다.

　첫 번째로 정의에 의해 보장된 권리와 자유를 침해한다는 점이다. 개릿 하딘은 공유지 내의 자유가 비극을 가져온다고 주장하며 여러 가지의 사례를 들며 공유지 이용의 자유를 법제하고 절제화해야 하는 필요성을 강조한다. 하지만 자유에 대한 권리를 법제화시켜서 제한하는 것은 공유지에 비극을 일으킨다는 명목으로 개인의 자유에 대한 권리를 침해하는 것과 같다. 문제가 되는 것은 개인의 이기심이 공유지를 자유로 이용할 수 있다는 것을 '악용' 하여 비극을 일으키는 것이지, 공유지를 이용할 수 있게 한 '자유' 의 문제가 아니기 때문이다.

　이를 법제화하고 강제성을 부여하여 사전에 공유지의 비극을 차단하는 방법보다는 캠페인 혹은 파괴된 공유지의 모습을 드러낸 영상 또는 자원 봉사를 유도하여 공유지의 파괴에 대한 심각성과 개인의 욕심과 이기심이 모여서 어떤 비극을 불러오는가에 대해 경각심을 부여하는 자율적이고 평화적인 방법도 이용할 수 있다고 생각한다.

　두 번째는 개릿 하딘의 출산의 자유 제한을 주장하는 이론은 정의를 거스른다. 근본적으로 인간의 출산의 자유를 부정하는 것은 정의가 구현되기에 필수적인 인간의 자유에 관한 자연권을 제한하고 있다. 출산의 제한은 가족의 규모에 대한 선택과 결정을 가족 스스로가 할 수 있다는 권리와 자유를 빼앗는 것과 마찬가지이기도 하다.

　또한, 개릿 하딘은 공유지의 비극의 원인 중 일부인 공해도 인구 증가의 결과이며 이를 해결하기 위한 방안 역시 출산의 자유를 보장하면 안된다고 설명한다. 하지만 공해의 원인이 인구 증가라고 생각하여 출산을 제한하자는 것은 너무 막연한 주장이다. 공해의 원인이 인구 증가가 아닌 과도한 산업화와 도시화의 결과라면 인구 증가와는 전혀 상관이 없게 된다.

　'공해'는 인구 증가의 요인도 포함되지만 여러 가지의 복합적인 요인이 더해져서 나타는 결과이다. 이를 인구 증가의 문제로만 보고 인간의 자유를 침해하는 대책을 실행하기에는 무리가 있다.

　마지막으로 그의 주장은 중 '공동 강제력'은 모순이 있다는 것이다. 개릿 하딘은 공유지의 비극을 해결하기 위해서 대다수의 사회 구성원들이 합의하여 나온 '공동 강제력'은 허용될 수 있다고 주장하였다. 하지만 여기서 다수에 반대

되는 소수의 의견은 수용되지 않을 가능성이 높다. 다수의 의견은 반영되었지만 소수의 의견이 수용되지 않은 강제력이 과연 '공동' 강제력이 될 수 있을까?

개릿 하딘의 공유지 비극을 위한 강제성 부여·인권 침해 등을 생각해 보면, 나는 홍은정과 같은 사람 신뢰를 바탕으로 양심에 입각한 해결책이 조금 더 자연스럽다고 생각한다.

내가 살던 동네에는 마땅한 쓰레기 배출 구역이 많이 있지 않아서 동네 길거리 이곳저곳에 무단으로 투기된 쓰레기들이 많았다. 동네 읍에서 무단 쓰레기 배출 시 적용되는 관련법을 몇몇 무단 배출자에게 적용시켜 보았지만 일시적인 효과만 있을 뿐, 사람들은 집 근처의 CCTV가 없는 곳과 외진 곳을 찾아 무단 쓰레기 배출 지역을 옮기기만 하였다.

이러한 문제가 심각해지자, 읍에서는 포스터를 만들어 가장 무단 쓰레기 배출량이 많은 곳에 부착하였다. 포스터의 내용은 사람의 눈을 그려 놓고, 동공 속에 자신의 모습이 비춰지는 반사 필름을 부착하여 "누군가가 자신을 지켜보고 있다하더라도 버리시겠습니까?"라는 문구를 적어 넣은 것이었다.

포스터의 효과는 생각했던 것보다 놀라웠다. 차츰차츰 하나씩 없어지던 쓰레기봉투들이 몇 개월이 지나자 무단 쓰레기 배출 지역에는 포스터만 덩그러니 남아있었다. 양심에 찔린 한 사람의 시작으로 쓰레기봉투가 없어지니, '다른 사람들도 버리는데 나는 뭐 어때.' 라는 심리의 행동들이 줄어든 것 같았다.

이와 같이 개릿 하딘의 강제성이 부여된 해결 대책보다는 자율성이 주어지지만, 사람들의 양심을 건드려서 자신의 행동에 대해 책임을 지도록 하는 방법이 효과가 크다는 것을 알 수 있다. 우리 사회에서 인간 신뢰를 바탕으로 개개인의 자유와 권리들을 보호하며 공유지의 비극 또한 해결할 수 있다고 생각이 든다.

진다은 개릿 하딘은 기하급수적으로 증가하는 인구 문제에 대해 얘기하고 있다. 유한한 세계에는 유한한 인구만 지탱할 수 있으므로 인구 증가율은 0이 되어야 한다. 하지만 그렇지 않고 우리는 일인당 최대한의 자원을 원하므로 공유지의 비극이 일어난다. 그렇게 되면 우리 모두는 파멸을 향해 갈 것이다.

공유지 문제를 해결하기 위해서 개릿 하딘은 두 가지를 제시했다. 하나는 공유지를 사적 소유물로 만들자는 것이고 다른 하나는 공적 소유물로 하되 입장 할 권리를 할당하는 것이다. 여기에 반대 의견도 있겠지만 이를 동의하지 않으면 공유지의 파괴에 동의해야만 할 것이다.

그렇다면 출산으로 인한 공유지의 비극은 어떻게 해결해

야 할까? 개릿 하딘은 인구문제는 기술적 방법으로 해결할 수 없으므로 출산이라는 공유지를 포기하라 말한다. 그게 다른 더 소중한 자유를 유지하고 키우기 위한 유일한 방법이라는 것이다.

홍은정은 공유지의 비극을 소유권이 명확한 자원과 불명확한 자원이 섞여 있을 때 소유권이 불명확한 자원이 훨씬 빨리 고갈되는 현상이라 하였다. 이러한 현상은 우리 주변에도 쉽게 나타난다. 예를 들면 대중목욕탕에서 수도꼭지를 잠그지 않는다거나 바다에 폐수를 몰래 흘려보내는 일 등이다.

이를 해결하기 위한 해결책으로 지금까지 크게 두 가지가 제시됐는데 홍은정은 이러한 해결 방안의 문제점을 짚었다. 공유지를 사유화하면 특정 이익 집단이 엄청난 비극을 일으킬 수 있는 것과 국유화를 했을 땐 국가가 늘 합리적, 효과적인 상황 통제를 할 수 없어 공유지의 비극이 해결되지 않는다는 것이다. 따라서 '공유지의 비극'의 진정한 해법은 공동체에 있음과 갖추어야 할 태도가 있음을 제시하였다.

우선 두 글의 공통점은 '공유지의 비극'에 대한 예시, 생각과 해결책을 나타내고 있다. 하지만 다른점은 개릿하딘은 출산이라는 공유지에 초점을 두었고 홍은정은 일상생활의 경우에 초점을 두었다. 또 개릿 하딘은 공유지의 비극을 해결하기 위해 국유화, 사유화를 제시하였으나 홍은정은 이에 문제점을 제시하고 서로에 대한 신뢰를 바탕으로 공유자원을 아끼며 효율적으로 활용하자는 새로운 해결법을 제시하였다는 점에서 차이가 나타난다.

사상 체계의 제 1덕목을 진리라고 한다면 정의는 사회 제도의 제 1덕목이다. 이론이 아무리 정치하고 간명하다 할지라도 그것이 진리가 아니라면 배척되거나 수정되어야 하듯이, 법이나 제도가 아무리 효율적이고 정연한 것일지라도 그것이 정당하지 못하면 개혁되거나 폐기되어야 한다. 모든 사람은 사회 전체의 복지라는 명목으로도 유린될 수 없는 정의에 입각한 불가침성을 가진다. 그러므로 정의에 따르면 타인들이 가지게 될 더 큰 선을 위하여 소수의 자유를 빼앗는 것은 정당화될 수 없다. 다수가 누릴 더 큰 이득을 위해서 소수에게 희생을 강요하는 것은 정의에 부합하지 않는다. 그러므로 정의로운 사회에서는 동등한 시민적 자유란 이미 보장된 것으로 간주되며, 따라서 정의에 의해 보장된 권리들은 어떠한 정치적 거래나 사회적 이득의 계산에도 좌우되지 않는다. 그보다 나은 이론이 없을 경우에만 결함이 있는 이론이나마 따르게 되듯이 부정의는 그보다 큰 부정의를 피하기 위해 필요한 경우에만 참을 수 있다. 인간 생활의 제 1덕목으로서 진리와 정의는 지극히 준엄한 것이다.

- 존 롤즈, 사회정의론 -

앞의 제시문은 사회제도의 제 1덕목이 '정의'라 말하고 있다. 법이나 제도가 아무리 효율적이고 정연한 것일지라도 그것이 정당하지 못하면 개혁되거나 폐기되어야 한다는 것이다.

예를 들어 다음부터 세금을 안 내는 사람은 벌금이 1억이라고 한다면 어떨까? 이전보다 모두가 세금을 잘 내게 될 것이다. 하지만 이것이 정당한 법인가? 아니다. 즉 강제성을 띄거나 소수의 자유를 빼앗는 등 정의에 부합한 법이나 제도는 폐기되어야 한다는 입장이다. 이를 바탕으로 개릿 하딘을 보자면 우선 개릿 하딘의 주장은 강제성을 띄고 있다.

공유지의 비극을 해결하기 위해 대다수의 시민이 상호합의해서 나온 '공동 강제력'이 있어야 한다는 것이다. 하지만 강제적으로 사회 문제를 해결하려하면 정의에 어긋날 뿐만 아니라 사회 전체의 복지라는 명목으로도 유린될 수 없는 정의에 입각한 불가침성을 침해하는 것이다. 또 개릿 하딘은 "공유지에 대한 대안은 숙고하기조차 두려운 안건이지만 부당한 것 보다 낫다."라는 부분에서 공리주의적 입장임을 알 수 있다.

그렇다면 우리 주위에서 일어나는 '공유지의 비극' 상황에는 무엇이 있을까? 교실에서는 바로 에어컨이 공유지의 비극 상황을 만들 수 있다. 우리는 집에서는 에어컨을 적정 온도로 맞추고 시간을 고려하며 틀 것이다. 하지만 학교에서는 적정 온도도 지키지 않고 문을 활짝 연채 에어컨을 트는 등의 문제가 나타난다.

물을 내리지 않는다던지, 휴지를 휴지통에 똑바로 넣지 않는다던지 이것은 개인 화장실이라는 개인 소유물에 비해 공중 화장실이라는 공동의 소유 물건을 아껴 쓰지 않는 상황의 예시라 할 수 있다. 비슷한 한 가지 예를 더 들자면 학교 책상과 벽 등에 낙서를 하는 것도 예가 될 수 있다.

마지막으로 한 가지 예를 들자면 쓰레기를 자연에 버리는 것이다. 태평양에는 세계 각국에서 버린 쓰레기들이 모여져서 하나의 섬이 만들어 졌다고 한다. 이게 다 바다라는 공동의 소유물보다 개인의 이기심을 발휘하는 것을 더 생각하여 일어난 일이다. 특히 공동 소유물이 이렇게 자연일 경우 공유지의 비극은 더 빈번히 일어난다.

이를 해결하기 위해서는 어떻게 하면 좋을까? 우선 인간의 이기심부터 줄여야 한다고 생각한다. 왜냐하면 우선 '공유지의 비극' 이라는 것이 나는 인간의 이기심에서부터 비롯됐다고 생각한다. 그래서 개인 소유물, 공동 소유물을 구분하지 않고 모두 아끼고 바람직하게 사용하는 마음을 가진다면 공유지의 비극이 해결될 것이다.

하지만 이것만으로는 완전히 해결될 수 없을 것이다. 그래서 여기에 제도적인 노력을 추가한다면 조금 더 해결할 수 있다고 생각한다. 예를 들면 세계 협약 중에는 공유지의 비극을 막기 위한 '오존보호협약'이라던가 '탄소발자국' 같은 협약이 있다. 이러한 협약들처럼 제도적으로 법칙을 만들면 공유지의 비극을 해결할 수 있을 것이다. 그리고 이 해결책들을 모두가 지켜야 한다.

일단 이 경우는 한두 명만이 노력한다고 문제를 해결할 수 없고 남들은 다 안 지킨다는 생각에 자기도 같이 안 지킬 수 있다. 따라서 모두가 지켜나갈 수 있도록 자신부터 해결책들을 지키는 마음을 가지고 홍보를 통해 다 같이 노력한다면 공유지의 비극은 사라질 것이다.

이유정　친구들과 중식당에 간다는 가정을 해보자. 각자 짜장면 한 그릇씩, 그리고 나눠먹을 탕수육 한 접시를 주문했다. 음식이 나온 지 시간이 꽤 흘렀을 때, 그릇들을 관찰했다. 아직 짜장면이 남은 친구들은 많았지만, 탕수육 접시는 거의 바닥을 드러내고 있다. 짜장면 한 그릇은 각자에게 이미 소유권이 보장된 것에 비해 탕수육은 모두에게 소유권이 주어진다. 공동의 것을 더 많이 가지기 위해서 빠르게 움직였을 것이다. 그래서 탕수육은 짜장면보다 더 빨리 바닥이 드러난 것이다.

'공유지의 비극'이라는 용어는 1968년, 생물학 교수 개릿 하딘에 의해 탄생하였다. 그리고 개릿 하딘이 한 과학 잡지에 '공유지의 비극' 이론을 실으면서 세상에 나오게 되었다. 그가 생각한 공유지의 비극의 원인은 바로 기하급수적으로 증가하는 인구였다.

계속해서 증가하는 인구가 자원이 유한한 세계에서 자원 고갈 현상을 일으키는 것이며, 공동으로 사용하는 공유지를 '공유지의 자유'라는 명분으로 각자 최대한 이익을 추구하려 하다 보니 전체가 파멸로 향하고 있다고 보았다.

이와 같은 문제를 해결하기 위해 실행해야 할 것은 바로 '절제의 법제화'를 통해 끊임없이 번식하려는 가족, 종교, 인종의 과다 출산을 제한해야 한다는 것이다. 상호 합의를 통해 결정한 '공동 강제력'이라는 힘으로 강제적이지만 동의하도록 만드는 대안을 세운다는 것이다. 그리고 그 대안은 정의롭지 않아도 전체의 파멸보다는 낫다는 공리주의적 입장을 취하고 있다.

국내에도 '홍은정' 씨로부터 쓰인 공유지의 비극에 대한 글이 존재한다. 이 글은 각각 국유화라는 방법과 사유화라는 방법으로 문제를 해결하려 했을 때 어떤 상황이 벌어질지 보여주고 있다. 먼저, 공유지가 국유화된 상황을 살펴보자.

공유지가 국유화되었다는 것은 국가라는 거대한 감시자가 등장한다. 이 감시자는 불법 행위자에게 벌금을 적용함으로써 무분별하고 개인적인 이익을 위한 행동은 줄어들 수 있다. 하지만, 그 횟수가 줄어 든다 해도 국가가 늘 효과적으로 상황을 통제할 수는 없다는 한계점을 가지고 있다. 그렇다면 사유화를 했을 땐 어떨까? 공유지를 사유화하였을 때에는 사람들 모두가 자기 것을 지키기 위해 아끼고 보호하려는 자세가 먼저 나타날 것이다. 하지만 이를 악용하여 독과점 현상과 높은 이용료를 지불하라는 등의 비도덕적 문제가 생길 수 있다는 것이다. 그 결과, 공유지의 비극에 대한 진정한 해법은 자율적인 합의와 질서에 있다고 보았다.

간단히, 두 글의 차이점과 공통점을 정리해보자면, 개릿 하딘은 공유지의 비극을 해결하기 위해 인구 증가를 강제력을 통해 제한하고 전체의 파멸을 막기 위해서는 정당성도 부인할 수 있다고 주장한다. 결국 '선'은 강제된 합의에 의해 이루어진다는 것이다. 이제부터는 개릿 하딘의 해결책에 대한 나의 입장을 말해보고자 한다.

롤스의 사회정의론을 살펴보면, "모든 사람은 사회복지라는 명목으로도 유린될 수 없는 정의에 입각한 불가침성을 가진다."라는 문장이 있다. 그렇다면 개릿 하딘의 출산제한이라는 해결책은 인간 존엄성을 보장하기 위한 권리의 정당성과 불가침성을 부정하는 것이 된다.

게다가 개릿 하딘은 국제연합에 채택된 세계인권 선언 중 "가족 규모에 관한 선택과 결정은 반드시 가족 자신에 의해 이루어져야 하고, 다른 누구에 의해 이루어져서는 안 된다."라는 내용을 절대적으로 부정하고 있는 것이다.

또 다른 문제점은, 개릿 하딘이 대다수의 시민이 상호 합의를 통해 나온 공동 강제력을 추구한다는 것이다. 이 공동 강제력은 다수의 동의 아래 결정된 대안이기 때문에 불만이 있더라도 동의하게 될 수 밖에 없다. 그렇다면 개릿 하딘이 추구하는 '선'이라는 것은 강제된 합의에 의해 실천된 '선'이라고 생각된다. 이것은 타인들이 가지게 될 더 큰 선을 위하여 소수의 자유를 빼앗는 것이기 때문에 정당화될 수 없다.

지금 우리 주변에도 많은 공유지의 비극과 같은 사례들이 발생하고 있다. 무더운 여름이 찾아올수록 더 많은 사람들이 냉방 기구를 찾게 된다. 각자 집에서는 전기세 걱정에 틀지 않거나 아껴서 틀던 에어컨을 학교나 사무실에서는 마음대로 하루에 수십 번 껐다 켰다를 반복한다. 자신이 전기세를 직접적으로 부담하는 것이 아니니 사용하고픈 대로 사용하는 것이다.

이런 사례들을 해결하기 위해서는 공동체 내의 목표에 부합하면서도 모두가 동의하는 자유를 보장해 주는 것이 중요하다. 대신 그 자유를 허용하되 선을 넘어선 경우에는 자발적으로 합의한 규칙대로 처벌하는 것이 맞다고 생각한다.

예를 들어, 교실의 에어컨 온도를 25도 아래로 설정하지 않고, 모두가 동의하는 최대 사용 시간을 정하여 그 선 안에서는 자유로운 사용이 가능하도록 해준다. 만약, 그것을 지키지 않았다면 학급 내에 추가적으로 도움이 필요한 활동에 그 친구가 참여하게 함으로써 학급이라는 공동체가 지켜야 한다는 것은 결국 자신이 지켜야 하는 것임을 알게 해준다. 그렇게 된다면, 그 학급은 친구들의 자발적이고 질서 있는 참여가 모여 쾌적한 환경에서 자유롭게 공부할 권리를 스스로 얻을 수 있게 될 것이다.

에필로그

1학년 1반   김수연

수정같이 빛나는 모습을 가진 선생님의
정열적인 모습에 1-1반은 한 번 더 반합니다.
쌤 사랑합니다♡

민들레가 피는 계절인 봄처럼 따뜻한 마음을 가진 너
지금처럼 따뜻한 마음씨 계속 보여주길…♡

지나가듯 만난
민들레 씨가 너의 마음 속 희망으로 피어나길…♡

수없이 많은 벚꽃잎,
연분홍빛 예쁜 꽃잎과 함께 내게 다가온 너

김 서리게 추운 겨울 날
연극이 끝난 뒤 내
주인공은 역시 당신이었습니다.

고요히 떨어지는 낙엽을
은근슬쩍 밟으며 내게 다가온 너

은빛 반짝거리는 달빛 아래
서성이며 누군가를 기다리는 너

초록빛 바닷물에 생긴
용오름같이 멋있는 너

도움을 주는 그대의 모습이
이상하게도 아름다워 보입니다.

유성우 떨어지는 밤
나에게 조용히 다가온 아름다운 너

정원을 구경하는 그대의
우유처럼 순수한 모습이 아름답습니다.

가지런히 앉아있는 수수한 그대가
형형색색 피어 있는 꽃보다 아름답습니다.

경주 보문단지 길 틈에 난
민들레 홀씨를 후 부는 아름다운 너

승승장구 치는 당신의 행복해 하는 모습에서
아장아장 걷는 아이의 모습이 보여 괜스레 기분이 좋아집니다.

이불처럼 포근한 당신이
연주하는 음악을 들으니
주중의 피로가 풀리는 듯합니다.

유성처럼 빛나는 꿈을 가진 그대를
정열적으로 응원합니다.

유리처럼 맑고 투명한
진실한 너의 마음이 영원히 지속되기를…♡

은은한 솔내음을 풍기는 그대의
솔직한 모습이 좋습니다.

지금 이 순간 가장 행복한 시간은
윤이 나는 너와 있는 시간입니다.

소소한 웃음과 위로를 주는 당신의
윤이 나고 빛나는 미소가 아름답습니다.

윤택한 삶을 살진 못하더라도 당신에겐
주어진 시련에 맞설 수 있는 용기가 있답니다.

다섯 시 반의 새벽녘 강가에서
은하수를 보니 그대가 생각납니다.

예전처럼 변함없이
지금도 너의 밤하늘은 계속 반짝거리길…♡

인자하고
정 많은 너를 보니 신기하게 나의 마음이 따뜻해집니다.

지붕 위에 앉아 있는 당신을 보니
원고지에 시를 쓰고 싶을 만큼 멋있습니다.

정원에 혼자 힘으로 피어나는
민트처럼 시원하고 멋있는 사람이 되길…♡